AF145957

Brigitte Krächan

Lebenslänglich

Urteil ohne Richter

Ein Roman über die Folgen von
Kindesmissbrauch

Bibliografische Information der Deutschen Nationalbibliothek:
Die Deutsche Nationalbibliothek verzeichnet diese Publikation in der Deutschen Nationalbibliografie; detaillierte bibliografische Daten sind im Internet über http://dnb.dnb.de abrufbar.

© 2012 Brigitte Krächan, Neuauflage 2015

Covergestaltung: Katharina Krächan
Herstellung und Verlag: BoD – Books on Demand, Norderstedt

ISBN: 978-3-7386-3157-9

Eine Tür in der Zeit müsste es geben,
durch die ich zurück gehen könnte in die
Vergangenheit.
Um Dich von denen fortzunehmen zurück in die
Gegenwart.
Doch die Zeit hat keine Türen in die Vergangenheit
durch die ich gehen könnte.

Ämäts 1994

Es gibt sie, diese Türen in der Zeit,
die zurückführen in die Vergangenheit.
Es gibt sie für mich.
Eine Begegnung, ein Gespräch, eine Geste,
ein Geruch, ein Geschmack, ein Geräusch
alles
kann zur Falltür werden durch die Zeit
in die Vergangenheit
für mich.

Frolic 1994

1

Anne hatte von dem neuen Spielplatz im Park gehört. Die Sonne schien, es war ein warmer Sommertag, und sie beschloss, mit Klara diesen Spielplatz zu besuchen.

Klara war eine selbstbewusste, neugierige Sechsjährige. In drei Wochen, nach den Sommerferien, sollte sie eingeschult werden. Dann wäre die gemeinsame freie Zeit, die Anne ganz bewusst für Klara und sich während der letzten Jahre gewählt hatte, vorbei. Klara würde zur Schule gehen und Anne in ihren alten Beruf zurückkehren. Die Steuerkanzlei hatte ihr bereits angeboten, dass sie zunächst nur vormittags arbeiten könne. Nach und nach würde Anne dann wieder mehr Klienten übernehmen. Sie könnte vieles von zu Hause aus bearbeiten, sodass sie nachmittags daheim wäre, wenn Klara aus der Schule käme. Eine ideale Lösung, und Anne freute sich wieder berufstätig zu sein. Aber es tat ihr auch leid, dass diese unbeschwerte Zeit nun zu Ende gehen würde. Sie hatte die Jahre zuhause mit Klara genossen. Und sie hatte beschlossen, dass Klara und sie jeden verbleibenden Tag der Sommerferien zu einem Feiertag machen würden. Leider konnte Simon, Klaras Vater, in dieser Zeit keinen Urlaub nehmen, aber es blieben ja noch die Abende und die Wochenenden.

„Ist es noch weit?"
Aufgeregt hüpfte Klara neben Anne her.
„Nein, schau mal! Da vorne ist er schon!"
Es war ein Abenteuerspielplatz mit Baumhäusern, Seilbrücken, Rutschen und Schaukeln und einer

riesigen, hölzernen Kletterburg. Anne machte es sich auf der Bank unter der alten Ulme gemütlich. Sie schloss kurz die Augen und genoss die Sonne. Klara war freudig losgezogen, um die Kletterburg zu erkunden. Trotz der vielen Spielmöglichkeiten war der Spielplatz übersichtlich, und von der Bank aus konnte Anne ihre Tochter gut im Auge behalten. Klaras buntes Ringelshirt und ihre knallrote Hose leuchteten über den ganzen Spielplatz. Anne hatte ihr gerade zugerufen, sie solle ihre Kletterkünste erst einmal an der kleinen Kletterwand ausprobieren, als die Frau sie ansprach:

„Ja, geben Sie gut auf Ihre Kleine acht. Einmal weg geschaut und schon ist etwas passiert. Ein gebrochenes Bein, eine Beule am Kopf. So etwas geht schnell. Da kann eine Mutter gar nicht gut genug aufpassen. Und so ein Beinbruch schmerzt. Das ist eine üble Geschichte. Aber das heilt wieder. Schlimmer ist es, wenn die Seele bricht. Wie will man eine Seele heilen? Glauben Sie mir: Sie sollten Ihre Kleine nie aus den Augen lassen!"

Anne hatte zuerst nicht bemerkt, dass jemand neben ihr auf der Bank Platz genommen hatte. Vielleicht war es der eindringliche und doch müde Klang der Stimme, oder es war das seltsame Bild einer verletzten Seele, das die Frau gebrauchte; auf jeden Fall wusste Anne, dass diese Frau das nicht einfach so dahin gesagt hatte, dass ihr dieser Rat, diese Warnung wirklich am Herzen lagen. Anne drehte sich zu der Stimme um und blickte in ein altes, eigentümlich starres Gesicht mit traurigen Augen. Dabei schien die Frau noch gar nicht so alt zu sein.

„Höchstens fünfzig Jahre", schätzte Anne.

Aber die Augen … Es waren die Augen, die das Gesicht so alt erscheinen ließen.

„Wie meinen Sie das? Warum sollte ich besonders gut aufpassen? Woher kennen Sie uns überhaupt?", fragte Anne.

„Oh, entschuldigen Sie, ich wollte Sie nicht erschrecken. Und ich kenne Sie auch eigentlich gar nicht."

Die Frau schaute zu der Kletterburg, auf der Klara stolz ganz hoch oben thronte.

„Es ist Ihre Tochter. Sie hat mich an ein anderes Mädchen erinnert. Ein Mädchen, auf das nicht genug aufgepasst wurde. Ein Mädchen, dessen Seele zerbrochen ist. Aber was rede ich da."

Die Frau wandte sich wieder Anne zu:

„Sie sind anders. Ich habe das gleich gesehen. Sie lassen Ihr kleines Mädchen nicht aus den Augen. Das ist gut so."

Eigentlich ging Anne zufälligen Plaudereien lieber aus dem Weg. Ihr lag nichts daran, fremden Menschen aus ihrem Leben zu erzählen und genauso wenig interessierte sie sich für deren Lebensumstände. Aber da lag so viel Trauer in der Stimme dieser Frau, dass Anne nachfragte:

„Was war denn mit diesem Mädchen? Hatte sie einen Unfall?"

„Nun", die Frau suchte nach den richtigen Worten. „Sagen wir es so: Sie wurde verletzt. Sehr schwer verletzt sogar. Ihre Seele wurde verletzt. Eine Verletzung, die nur schwer zu heilen ist."

„Ich hätte besser nicht nachgefragt", ging es Anne in diesem Moment durch den Kopf.

Die Frau musste gemerkt haben, dass ihrem Gegenüber diese eigenartige Antwort peinlich war. Sie fasste Anne am Arm:

„Nein, nicht wegrücken. Bleiben Sie! Ich weiß, es ist ungewöhnlich, mit einer Fremden ein solches Gespräch zu führen. Aber Sie sind eine Mutter, Sie werden das verstehen. Sie wollen Ihr Kind schützen. Aber irgendwann werden Sie erkennen, dass das nicht immer möglich ist. Und manchmal passiert etwas, und dann wünscht man sich, man könne in die Vergangenheit reisen und das Geschehene ungeschehen machen. Verstehen Sie, was ich meine?"

Anne zog ihren Arm zu sich, weg von der Frau:

„Ja, ich verstehe Sie. Aber dann müssen wir uns mit der Tatsache abfinden, dass wir die Dinge nicht ungeschehen machen können, dass es keinen Weg in die Vergangenheit gibt. Es tut mir sehr leid für Sie und Ihre Tochter."

Klara war von der Kletterburg herabgeklettert und zur Bank geschlendert. Die Frau begrüßte das Kind mit einem freundlichen Lächeln.

„Ich habe nicht von meiner Tochter gesprochen", entgegnete sie Anne.

Klara setzte sich zu Anne auf die Bank. Sie ließ die Füße baumeln und musterte neugierig die fremde Frau. Dann wandte sie sich ihrer Mutter zu:

„Ist es schlimm, dass ich irgendwie schon wieder Hunger habe?"

Klara lächelte ihre Mutter verschmitzt an:

„So einen besonderen Hunger, so einen Hunger nach Eis und Erdbeeren und Sahne."

Die Frauen lachten. Es war ohnehin Zeit aufzubrechen.

„Überredet! Auf dem Nachhauseweg", stimmte Anne ihrer Tochter zu.

Sie wollte sich gerade von der fremden Frau verabschieden, als diese ihr zuvor kam:

„Ach herrje, ich habe die Zeit komplett vergessen. Meine Mittagspause ist längst um. Ich muss wieder zurück. Wissen Sie, ich arbeite in der Klinik am anderen Ende des Parks. Dort gibt es viele Menschen für die eine Tür in die Vergangenheit ein Segen wäre. Vielleicht treffen wir uns demnächst einmal wieder. Ich komme oft zu diesem Spielplatz und schaue den Kindern zu."

Hastig stand die fremde Frau stand auf und ging eilig durch den Park davon.

2

Anne hatte die Begegnung mit der eigenartigen Frau schon fast vergessen, als Klara und sie einige Tage später ein zweites Mal zu dem Spielplatz kamen. Schon von Weitem sah sie die Frau auf der Bank sitzen, und weil Klara gerne zu der Kletterburg wollte, setzte sie sich daneben.

„Ich habe gehofft, dass Sie wiederkommen!", die Frau begrüßte Anne freudig.

„Wissen Sie, ich habe mit den zuständigen Ärzten gesprochen, und sie meinten, dass ich Ihnen ruhig die Geschichte meiner Arbeit erzählen könnte. Manchmal kommt man auf neue Gedanken und Lösungen, wenn man mit einem Unbeteiligten über alles spricht. Und ich glaube, dass Sie sich für meine Geschichte interessieren könnten. Ich glaube, bei Ihnen ist sie gut aufgehoben. Sie werden verstehen, was ich Ihnen berichte."

Noch ehe Anne zustimmen oder ablehnen konnte, begann die Frau zu erzählen:

„Haben Sie schon einmal über die Erinnerung nachgedacht? Was es bedeutet, dieses ‚Ich erinnere mich'? Haben Sie sich schon einmal gefragt, was das eigentlich ist: ‚Erinnerung'? Haben Sie schon einmal darüber nachgedacht, was Vergangenheit ist? Was ist real in unserer Vergangenheit? Ist das, an was wir uns ganz subjektiv erinnern, wirklich? Oder ist das wirklich, was objektiv geschehen ist? Wo ist das, was geschehen ist, hin? Wo ist das Geschehene? Wo ist die Vergangenheit? Ist sie nur noch in unserer Erinnerung? Ist unsere Vergangenheit, das, woran wir uns erinnern? Oder ist unsere Vergangenheit nur noch in den

Auswirkungen des Vergangenen existent? Wie ist das mit dem Land der Erinnerungen? Ist es objektiv immer da, oder erschaffen wir es erst, indem wir uns erinnern? Was ist mit den Teilen der Vergangenheit, an die wir uns nicht erinnern? Gibt es diese Vergangenheit noch, wenn sich niemand daran erinnert? Ist nur das Geschehen real, das aus der Vergangenheit noch in die Gegenwart wirkt? Was ist, wenn unsere Erinnerung uns täuscht? Was ist, wenn wir etwas falsch in Erinnerung haben? Wie real ist eine falsche Erinnerung? Auch die falschen Erinnerungen beeinflussen unsere Gegenwart. Kann man eine Vergangenheit ändern, indem man die Erinnerung daran ändert? Wirkt eine veränderte Erinnerung als veränderte Vergangenheit in der Gegenwart?"

Die Frau formulierte ihre Fragen, ohne Anne die Chance einer Antwort zu lassen. Sie schien sich intensiv mit diesen Fragen beschäftigt zu haben, und ehe Anne auch nur über eine Antwort nachdenken konnte, fuhr sie fort:

„Sicherlich denken Sie jetzt, ich müsste ziemlich viel freie Zeit haben, wenn ich mich mit solchen Fragen beschäftige. Aber zum einen hatte meine Familie schon immer ein ganz besonderes Verhältnis zur Erinnerung, und zum anderen musste ich mit ansehen, wie sehr Vergangenes, wie sehr die Erinnerung an Vergangenes einen Menschen quälen, behindern und auffressen kann. Ich habe erlebt, wie gerade die Vergangenheit, an die sich ein Mensch nicht mehr erinnert, sich in den Alltag dieses Menschen schleicht und ihn zu Handlungen und Verhaltensweisen treibt, die er selbst nicht versteht. Wissen Sie, ich sehe dieses Mädchen heute noch vor mir: wie sie unter der Dusche steht. Sie hat das Wasser kochend heiß aufdreht und versucht, den Schmutz abzuwaschen. Sie weiß noch nicht einmal, warum sie sich immer und immer wieder so schmutzig fühlt. Später erzählte sie mir, wie sehr sie sich wünsche, zu schlafen und wie die Angst vor dem Schlaf, vor den Träumen, sie wachhielt. Eine Angst, die sie sich nicht erklären konnte. Eine unheimliche, seltsame Angst, die sie an sich selber zweifeln, verzweifeln ließ. Das ist die schlimmste Form der Erinnerung: wenn sich unser Körper erinnert, und wir ihn nicht verstehen. Aber ... nein ... eigentlich weiß ich nicht, welche Form der Erinnerung die schlimmste ist. Als dieses Mädchen sich schließlich an das Geschehene erinnerte, an die Ursache ihrer panischen Angst in der Nacht, an die Scham, die sie abwaschen wollte, an die Schmerzen, an seine Willkür und ihre Ohnmacht; als sie sich an all dies erinnerte, da war die Vergangenheit wieder da, so gegenwärtig, so schmerzhaft, so erniedrigend, dass sie sich nicht vorstellen konnte, damit zu leben.

,Diese Vergangenheit kann keine Zukunft haben', sagte sie zu mir.

Glauben Sie mir, wer das mit ansehen musste, beginnt, über Vergangenheit und Erinnerung nachzudenken. Der fragt sich, ob es möglich ist, die Vergangenheit zu ändern. Der versucht alles, um die Vergangenheit zu ändern."

Endlich machte die Frau eine Pause. Sie schaute eine Weile der fröhlich spielenden Klara zu. Anne wusste nicht, was sie auf die Schilderungen antworten sollte.

„Es ist bestimmt nicht einfach in dieser Klinik zu arbeiten", begann sie schließlich.

„Nein, da haben sie recht. Es ist wirklich nicht einfach, immer wieder zu dieser Klinik zurückzugehen. Und die Dinge, die geschehen sind, machen es nur noch schwerer."

Wieder packte die Frau Anne am Arm, so fest, dass Anne nur schwer dem Impuls widerstehen konnte, den Arm erneut zurückzuziehen.

„Es ist unendlich schwer. Aber wenn Sie mir noch weiter zuhören wollen, werde ich Ihnen davon erzählen. Und ich werde von vorne beginnen. Ich werde mit der Geschichte meiner Familie beginnen. Morgen. Wenn Sie mir weiter zuhören wollen."

Und wieder stand die Frau unvermittelt auf und eilte durch den Park davon.

Auf dem Nachhauseweg dachte Anne über die Frau nach.

„Sollte sie sich morgen noch einmal mit ihr treffen? Wollte sie wirklich die Familiengeschichte dieser Frau hören?"

Eigentlich hasste Anne Familiengeschichten. Aber dies schien keine gewöhnliche Familiengeschichte zu sein.

Am Abend, als Klara schlief, erzählte sie Simon von ihrer Begegnung. Anne hatte im Internet nachgelesen und herausgefunden, dass die Frau vermutlich in der psychiatrischen Klinik am Rande des Stadtparks arbeitete.

„Lass sie doch erzählen", meinte Simon.

„Sie muss das alles einfach einmal loswerden. Und ihre Familie mag die ganzen tragischen Geschichten bestimmt schon lange nicht mehr hören. Sie wird froh sein, dass sie in Dir eine geduldige Zuhörerin gefunden hat. Du hättest es schlimmer treffen können. Was sie erzählt, scheint doch ganz interessant zu sein. Stell Dir vor, was sie erzählen würde, wenn sie im städtischen Antiquariat angestellt wäre. Also ich würde morgen wieder hingehen. Klara gefällt es im Park, sie liebt diesen Abenteuerspielplatz, es ist ideales Wetter, Du kannst entspannen, in der Sonne sitzen und darüber hinaus wirst Du eine kurzweilige Unterhaltung haben."

Anne lächelte.

„Simon neigte wirklich nicht dazu, die Dinge unnötig kompliziert zu machen. Aber eigentlich hatte er recht."

3

Am nächsten Tag fanden sich Anne und Klara also ein drittes Mal bei der Bank im Park ein.
Die Frau erwartete die beiden bereits.
„Schön, dass Sie gekommen sind."
Sie schaute Klara zu, die sich zu den anderen Kindern auf die Kletterburg gesellt hatte.
„Ich wollte Ihnen von meiner Familie erzählen.
Können Sie sich vorstellen, dass meine Großmutter sich noch mit 62 Jahren als Gasthörerin an der Universität für das Fach Psychologie einschrieb? Der Titel der Vorlesung lautete: ‚Wie kommt die Welt in den Kopf?‘ Sie behandelte das Thema ‚Wahrnehmung und Gedächtnis‘. Leute, die unsere Familie nur flüchtig kannten, wunderten sich über meine Großmutter. Andere wussten oder ahnten, was es damit auf sich hatte und fanden den Weg gefährlich, den Oma da einschlug.
‚Man sollte die Sache auf sich beruhen lassen‘, meinte meine Mutter.
‚Nicht jedes Talent sei gut und sollte gefördert werden. ‘
Eigentlich wurde in unserer Familie über dieses besondere Talent nie gesprochen. Oma war die Einzige, die sich nie an die Regel gehalten hatte. Und ich war die Einzige, die wusste, dass Oma, entgegen dem Willen der Familie, seit ein paar Monaten regelmäßige Ausflüge in die Vergangenheit, in ihre Erinnerung unternahm.
Es war ungefähr zehn Jahre bevor sie mit dem Besuch dieser Psychologie-Vorlesungen begann. Damals erzählte meine Großmutter mir von dem Talent in

unserer Familie. Das heißt, eigentlich hatte ich es, ganz zufällig, selbst herausgefunden. Ich war gerade acht Jahre alt geworden, als ich bemerkte, dass ich irgendwie durch eine Tür in mein altes Kinderzimmer in unserem früheren Haus gehen konnte. Es war mehr als nur eine Fantasie. Ich wusste, dass ich tatsächlich dort war. Ich stand dort und sah mich selbst mit meinen Puppen spielen. Und ich wusste, ich durfte nicht dort bleiben. Ich wäre gerne geblieben, aber ich musste zurück. Deshalb ging ich durch die gleiche Tür zurück und war wieder in unserem neuen Haus bei meinem neuen Vater.

Wissen Sie, ich habe dieses alte Kinderzimmer geliebt. Meine Eltern hatten es mir eingerichtet, als ich noch keine sechs Jahre alt war. Und die Erinnerung an dieses Zimmer, an die glückliche Zeit, die ich in diesem Zimmer verbrachte, half mir über die andere, über die schlimme Zeit hinweg. Eine Woche nach meinem sechsten Geburtstag starb mein Vater. Er fuhr morgens zur Arbeit und kam nicht mehr zurück. Es war ein Verkehrsunfall. Meine Mutter musste unser Haus verkaufen. Wir zogen in eine Mietwohnung, bis sie ihren neuen Mann kennenlernte. Ich war Sieben, als meine Mutter wieder heiratete und wir zu meinem neuen Vater zogen. Ich hatte dort auch ein Kinderzimmer. Aber wenn ich mich zurückerinnere, erinnere ich mich immer an mein Kinderzimmer in unserem alten Haus. Ich dachte damals oft an dieses Kinderzimmer, und dann eines Tages ging ich durch eine Tür und war in meinem alten Kinderzimmer.

Ich glaube, ich musste ziemlich verwirrt gewesen sein, als es das erste Mal geschah. Ich habe damals meine Großmutter regelmäßig besucht. Ich hatte eine

Busfahrkarte, mit der ich zur Schule fuhr, und die ich auch nutzen konnte, um zum Haus meiner Großmutter zu fahren. Früher, im alten Haus, hatte meine Großmutter uns immer besucht, auch noch, als wir in der Mietwohnung wohnten. Aber seit wir in das neue Haus gezogen waren, kam Großmutter nicht mehr zu Besuch. Wahrscheinlich hat sie sich mit meinem neuen Vater nicht so gut verstanden. Keine Ahnung. Ich war ein Kind und habe die Dinge so genommen, wie sie waren, ohne mir viele Gedanken darüber zu machen. Ich hatte mich auch nie gefragt, wieso meine Mutter meine Großmutter nie zuhause besuchte. Mir ist das damals nie wirklich bewusst geworden, und als es mir schließlich auffiel, war es zu spät; da konnte ich meine Mutter nicht mehr fragen. Aber davon wollte ich eigentlich nicht erzählen.

Wie gesagt, der Besuch in meinem alten Kinderzimmer hatte mich ziemlich verwirrt. Ich wusste, dass ich meiner Mutter nicht davon erzählen konnte. Sie würde mich nicht ernst nehmen. Sie würde sagen, ich solle mich zusammenreißen, endlich erwachsen werden oder so etwas in der Art. Seit dem Tod meines ersten Vaters hatte sich meine Mutter verändert. Wir kamen nicht mehr so gut miteinander aus. Aber ich konnte zu meiner Großmutter fahren. Und so besuchte ich sie und erzählte ihr, wie ich durch diese Tür mein altes Kinderzimmer betreten hatte. Meine Großmutter war überhaupt nicht erstaunt über das, was ich ihr erzählte. Sie sagte, sie wisse, was ich meinte.

‚Auch ich habe es mir angewöhnt, gewissermaßen als Zeitvertreib, ab und zu einen Ausflug in meine Vergangenheit zu machen‘, hatte sie mir dann anvertraut.

‚Aber du solltest vorsichtig sein. Solche Dinge erzählt man besser nicht herum. ‘

Und dann berichtete sie mir, dass sie bei diesen Reisen immer sehr umsichtig vorgehen würde. Sie schließe die Tür ab, damit niemand bemerken könne, dass sie tatsächlich nicht mehr im Raum sei. Und dann erklärte sie es mir:

‚Diese Reisen in die Vergangenheit sind das besondere Talent, das manche Mitglieder unserer Familie haben und das man seit langer Zeit sorgfältig zu leugnen versucht. Wir, oder einige von uns, können tatsächlich in unsere Erinnerung zurückkehren. Nicht nur in Gedanken, sondern wirklich. Als Person können wir durch eine Tür den realen Raum unserer Vergangenheit betreten.“

Anne saß auf der Bank und hörte ungläubig der Geschichte zu. Die Frau sah Anne nicht an. Sie blickte zu den spielenden Kindern. Trotzdem musste sie gespürt haben, dass Anne an ihren Worten zweifelte. Sie wandte sich Anne zu:

„Sie glauben mir nicht. Sie denken, dass ich mir diese fantastische Geschichte nur ausgedacht hätte, um … vielleicht … um mich wichtig zu machen oder … vielleicht auch, weil ich schon zu lange mit den Fantasten und Spinnern aus der Klinik arbeite. Habe ich recht?“

„Naja“, erwiderte Anne, „das mit der Tür in die Vergangenheit hört sich für mich eher nach Science-Fiction an. Es fällt mir schwer, es als wissenschaftliche These ernst zu nehmen. Ich kenne mich auf diesem Gebiet zwar überhaupt nicht aus, aber ich hätte bestimmt davon gehört, wenn Reisen in die Zukunft oder Vergangenheit möglich wären.“

„Glauben Sie wirklich, dass Sie davon gehört hätten? Was schätzen Sie, seit wann man Versuche zum Klonen macht? Seit ungefähr 1970. Und wann haben Sie das erste Mal davon gehört? Als das berühmte Klon-Schaf Dolly geboren wurde. Das war mehr als 30 Jahre später. Glauben Sie mir, Sie werden davon hören oder Ihre Tochter wird davon hören, sobald Ergebnisse vorliegen, die man der Öffentlichkeit präsentieren und auch erklären kann. Aber Sie haben recht, bisher ist man noch Jahre von einer Veröffentlichung zu dieser Sache entfernt."

Klara kam aufgeregt angelaufen:
„Mama, ist es schon spät? Haben wir Papa vergessen?"
Anne saß tatsächlich schon über eine Stunde auf der Bank. Klara hatte recht, es war höchste Zeit. Sie mussten nach Hause. Simon wollte heute früher von der Arbeit kommen.
"Es tut mir leid, aber ich muss gehen", Anne lächelte der Frau entschuldigend zu.
„Ich muss auch zurück. Aber wenn Sie wissen wollen, wie die Geschichte weiter geht, kommen sie morgen wieder. Der Spielplatz ist schön, Ihre Kleine kann da wunderbar spielen, während ich Ihnen mehr von meinen Reisen in die Vergangenheit erzählen werde."

„Na, wie ist es gelaufen ... Dein Rendezvous im Park? War es spannend?" erkundigte sich Simon beim Abendessen.

„Eher seltsam als spannend", erwiderte Anne und erzählte Simon von der angeblichen Reise in die Vergangenheit.

Simon war noch skeptischer als Anne.

„Vielleicht kommt man wirklich auf eigenartige Gedanken, wenn man zu lange in einer psychiatrischen Klinik arbeitet. Vielleicht machen sie aber auch irgendwelche psychologischen Versuche mit Hypnose oder so und Deine seltsame Frau hat nur etwas missverstanden. Mein bescheidenes Allgemeinwissen sagt, dass Reisen in die Vergangenheit unmöglich sind. Aber", Simon grinste, „mit meinen physikalischen Kenntnissen wären wir auch nie auf den Mond gekommen. Auf jeden Fall kann Dir nichts passieren, solange Du auf dieser Bank sitzen bleibst. Macht Euch noch ein paar schöne Tage im Park und am Wochenende unternehmen wir dann gemeinsam etwas."

„Au ja, ins Schwimmbad!", jubelte Klara, die die ganze Zeit gelangweilt dem Gespräch ihrer Eltern zugehört hatte.

4

Also spazierten Klara und Anne am nächsten Nachmittag wieder in den Park.

Klara war das recht, sie fand das Herumturnen auf der Kletterburg immer noch spannend.

Genau wie gestern erwartete sie die Frau.

Und Anne hatte kaum auf der Bank Platz genommen, als sie mit ihrer Geschichte fortfuhr.

„Wissen Sie: Ich besuchte meine Großmutter dann sehr oft, besonders an den Wochenenden. Im Haus meiner Großmutter hatte ich mich immer wohlgefühlt. Und meine Großmutter brachte mir bei, wie ich das, was mir da zufällig passiert war, bewusst steuern konnte. Es war wie ein Spiel. Zuerst dachte ich an eine reale Situation in einem realen Raum in meiner Vergangenheit. Ich versuchte, mir alles genau auszumalen. Dann überlegte ich auf welche Weise, durch welche Tür ich diese Situation am besten betreten könnte. Und dann kam der Punkt, an dem man ein kleines bisschen Mut und Vertrauen in die eigenen Fähigkeiten braucht: Man stellt sich die andere Seite dieser Tür in der Gegenwart vor und geht einfach durch diese Tür. Wie gesagt, meine Großmutter hatte es mir erzählt. Sie erklärte mir, dass einige Mitglieder unserer Familie über dieses Talent verfügen würden. Vielleicht ... sicherlich ... hätte ich dieses Talent geerbt. Ich müsse es einfach ausprobieren. Also habe ich es ausprobiert, und es hat geklappt. Ich war damals acht vielleicht neun Jahre alt. Ich stellte mir mein altes Kinderzimmer vor: das Kinderzimmer in unserem alten Haus, das riesige Puppenhaus, das mein Vater, mein richtiger Vater, mir damals gebaut hatte. Ich stellte mir den bunten Teppich vor und die Tapete, die ich selbst hatte aussuchen dürfen; die selbst gemalten Bilder an den Wänden; und das Bett, das sich meine Lieblingspuppe und mein Teddy teilten. Das alles stellte ich mir vor, so deutlich als hätte ich gerade das Zimmer betreten und würde mich darin umschauen. Dann stellte ich mir die Tür vor, durch die ich das Zimmer betreten würde ... und dann stellte ich mir die andere Seite dieser Tür vor, die Seite, die zum Flur zeigte und die eigentlich immer offen aufstand, weil ich es liebte, mich beim Spielen mit meiner Mutter in der Küche zu unterhalten.

Später, als wir in das neue Haus umgezogen waren, hielt ich meine Tür zum Kinderzimmer meistens geschlossen. Ich weiß noch, dass sie mir eines Tages den Schlüssel wegnahmen, weil sie meinten, es sei nicht gut, wenn sich ein Kind stundenlang in seinem Zimmer einschließen würde.

Aber damals, im alten Haus, stand meine Tür immer offen. Diese Tür stellte ich mir also vor. Von der anderen Seite. Und dann ging ich auf diese erdachte Tür zu. Ich könnte Ihnen jetzt erzählen, dass ich einen Widerstand spürte oder einen Luftzug oder sonst etwas in der Art ... aber da war nichts ... ich merkte nur, dass sich die Temperatur des Raumes, der Geruch, das Licht, die ganze Umgebung veränderten, als ich durch diese Tür den Raum meiner Kindheit betrat.

Meine Großmutter hatte mir eingeschärft, niemals zu vergessen, durch welche Tür ich diesen Raum betreten hatte. Nur diese eine Tür würde mich wieder zurück in die Gegenwart bringen. Sie hatte mir auch erklärt, dass ich immer darauf achten müsse, allein im Raum zu sein und dass der Raum, den ich verließ, abgeschlossen wäre, damit ihn niemand während meiner Abwesenheit betreten konnte. Ich fragte sie, warum das so sein müsse, aber sie hatte keine Antwort darauf. So waren eben die Regeln. Man hatte es ihr so beigebracht, und sie zog es vor, sich daran zu halten, um kein Risiko einzugehen. Und so hatte ich mich in meinem Zimmer eingeschlossen und gemäß der Anleitung meiner Großmutter zum ersten Mal ganz bewusst meine frühe Kindheit bereist. Ich war nur ein paar Minuten dort. Ich stand da und sah mir selbst dabei zu, wie ich mit den Puppen im Puppenhaus spielte. Ich konnte es eigentlich nicht genießen, weil ich Sorge hatte, die Tür zu vergessen, die mich zurückbringen würde. Obwohl es doch die einzige Tür in diesem Raum war. Als ich dann durch diese Tür wieder das Zimmer im neuen Haus, und damit meine Gegenwart betrat, kam mir dieser kurze Besuch in meiner Erinnerung wie ein Traum vor.

Ich weiß, was Sie nun denken", die Frau wandte ihren Blick von den spielenden Kindern ab und sah Anne an.

„Es wird vermutlich auch genau das gewesen sein: Nur ein Traum, die Fantasie eines Kindes, das sich, warum auch immer, wegträumt, zurück in seine frühere Kindheit. Genau diese Zweifel hatte ich auch.

,Woher weiß ich, dass ich wirklich dort gewesen bin und das Ganze nicht einfach nur geträumt habe?', fragte ich meine Großmutter gleich nach meiner ersten bewussten Reise in die Vergangenheit.

,Vielleicht können wir gar nicht in die Vergangenheit reisen. Vielleicht ist es nur ein Traum. Vielleicht bilden wir uns das alles nur ein. Es gibt keinen Beweis dafür, dass wir tatsächlich körperlich in unserer Vergangenheit waren.'

„Sehen Sie", meinte die Frau, „zu Beginn war ich fast ebenso misstrauisch wie Sie."

„Und was hat Sie Ihnen geantwortet, Ihre Großmutter?" Anne zweifelte allmählich wirklich an dem Verstand der Frau.

‚Es gibt Beweise', antwortete mir meine Großmutter, ‚zumindest habe ich es mir bewiesen.'

Und meine Großmutter zeigte auf das Glas Quittengelee, das auf dem Frühstückstisch stand.

‚Du schmierst Dir den Beweis gerade auf dein Brötchen. Das Quittengelee meiner Mutter ist einfach unübertroffen. Da konnte ich wirklich nicht widerstehen. Ich habe mir gedacht, probiere es einfach einmal aus. Bei so vielen Gläsern fällt es bestimmt nicht auf, wenn eines fehlt. Ich habe eines genommen. Und wie du siehst, hat es geklappt. Ich konnte es mitbringen, aus der Vergangenheit.'

So war meine Großmutter tatsächlich in ihre Erinnerung gereist und hatte ein Glas Quittengelee mitgebracht. Natürlich war eine der Regeln unserer Familie, bei den Reisen in die Erinnerung nichts zu verändern, denn wer konnte schon voraussehen, welche Konsequenzen solche Veränderungen in der Gegenwart haben würden. Aber meine Großmutter ist noch immer großzügig mit Regeln umgegangen. Sie war überzeugt, dass auch in der Zukunft die Mitglieder unserer Familie diese Regeln nicht immer ernst nehmen würden. Dies zumindest war die Erklärung meiner Großmutter, wenn von Zeit zu Zeit Dinge anscheinend einfach verschwanden und nie mehr auftauchten.

Und wer weiß, wer damals für das verschwundene Glas Quittengelee bestraft wurde.

Wissen Sie, obwohl ich meiner Großmutter vertraute und keinen weiteren Beweis gebraucht hätte, habe ich es danach selbst ausprobiert und etwas aus meiner Erinnerung mitgebracht.

Eine Puppe aus meinem Kinderzimmer. Und es war seltsam: Als ich mit dieser Puppe von meiner Reise in die Erinnerung zurückkehrte, erinnerte ich mich daran, dass ich sie damals eines Morgens überall im Kinderzimmer suchte und nicht mehr finden konnte. Eine Erinnerung, die ich vorher nicht gehabt hatte.

‚Wie kommt es eigentlich, dass die Personen unserer Vergangenheit zwar für uns real und sogar fühlbar sind, sie aber unsere Anwesenheit in der Vergangenheit nicht wahrnehmen können? ‘, fragte ich eines Tages meine Großmutter.

‚Das ist eine der einfacheren Fragen‘, erwiderte sie. ‚Wir können sie sehen und berühren, weil sie unserer Erinnerung angehören. Sie wurden schon erlebt. Sie existieren bereits. Wir hingegen kommen aus der Zukunft. In ihrer Zeit existieren wir noch nicht. Deshalb kann uns niemand denken und deshalb können sie uns nicht wahrnehmen. Aber dies sind Dinge, die du eigentlich noch nicht verstehen kannst. ‘

Wie gesagt, meine Großmutter war die Einzige, die sich in unserer Familie ausführlich mit diesem Talent beschäftigte. Sie unternahm diese Reisen in die Erinnerung und erzählte mir davon. Dem Rest der

Familie war dieses Talent eher peinlich. Sie betrachteten es als ein Missgeschick der Natur: zu nichts zu gebrauchen und in der Anwendung eher gefährlich. Also beschlossen sie, es totzuschweigen und zu verleugnen.

Ich denke, das war auch der Grund, weshalb mein neuer Vater meine Besuche bei meiner Großmutter nicht gerne sah und sie mir schließlich ganz verbot. Wissen Sie, wenn man erst zwölf oder dreizehn ist, kann man da nicht viel dagegen machen. Und ich denke, so kam es auch, dass der Kontakt zu meiner Großmutter für einige Jahre ganz abbrach.

Ich war zwanzig und schon seit vier Jahren von zu Hause ausgezogen, als ich meine Großmutter wieder traf.

Es war bei der Beerdigung meiner Mutter. Meine Großmutter stand lange ganz alleine am Grab. Sie war erst später gekommen, als fast alle Trauergäste weg waren. Sie kam zu mir und fragte, wie es mir ginge und ob ich nicht Lust hätte, mit ihr nach Hause zu fahren und dort eine Tasse Kaffee zu trinken.

Und so kam es, dass ich nach fast zehn Jahren wieder bei meiner Großmutter zu Besuch war. Sie wollte wissen, ob ich noch zu Hause wohnen würde, ob ich einen Beruf hätte und einen festen Freund. Das Übliche eben, was Verwandte fragen, wenn man sich längere Zeit nicht gesehen hatte.

Ich blieb den ganzen Nachmittag bis zum späten Abend und erzählte.

Ich glaube, bis zu diesem Tag, als ich nach so langer Zeit wieder bei meiner Großmutter am Küchentisch saß und erzählte, hatte ich selbst nie zurückgeblickt. Es gab auch eigentlich nichts, auf das es sich lohnen würde zurück zu blicken.

Vermutlich war ich eine ziemlich schwierige Jugendliche gewesen. Sie wissen schon, Pubertät und so. Nach dem Tod meines Vaters und durch die neue Heirat meiner Mutter war das Verhältnis zu meiner Mutter irgendwie anders. Es war, als gingen wir uns gegenseitig aus dem Weg. Ich konnte mich an nicht mehr viel aus dieser Zeit erinnern. Ich wusste noch, dass ich ziemlich oft meine Zimmertür verschloss, um mich ungestört in mein erstes Kinderzimmer zurück zu träumen. Es war wohl so eine Art Flucht aus dem Alltag. Meine Schulzeit war nicht besonders schön gewesen. Irgendwie hatte ich keine Freundinnen. Die Gespräche der anderen Mädchen über Jungen, das ganze Geflirte und Getue kamen mir ziemlich dumm und albern vor. Ich glaube, deshalb konnte ich nie richtige Freundschaften zu den anderen Mädchen in meiner Klasse aufbauen. Ich weiß auch, dass ich in der Schule häufig fehlte. Vielleicht war ich irgendwie krank gewesen. Ich kann mich daran erinnern, dass ich nachts nie gut schlafen konnte. Ich hatte Mühe einzuschlafen und wachte immer wieder auf. Vielleicht war ich deshalb nicht gut in der Schule, weil ich immer so müde war. Aber ich konnte mich nicht erinnern, irgendwann einmal beim Arzt gewesen zu sein. Bestimmt war das Ganze nicht so schlimm gewesen, sonst wäre meine Mutter sicherlich mit mir zum Arzt gegangen.

‚Das mit den Schlafproblemen ist übrigens geblieben', erzählte ich damals meiner Großmutter.

Eigentlich geht es mir sogar heute noch so. Ich kann nur sehr schwer einschlafen und fast jede Nacht wache ich auf. Aber vielen meiner Kollegen geht es genau so; der Schichtdienst, die Überstunden. Irgendwann bezahlt jeder einen Preis dafür.

Damals besuchte ich das Gymnasium. Meine Mutter hatte unbedingt gewollt, dass ich mein Abitur machen sollte. Aber ich war in diesen Jahren nicht besonders gut in der Schule. Mit sechzehn Jahren brach ich die Schule ab. Ich hatte mich für eine Ausbildung zur Krankenschwester entschieden. Sobald ich diese Ausbildungsstelle hatte, zog ich in das Schwesternwohnheim direkt neben dem Krankenhaus. Mein neuer Vater meinte, ich könne doch zu Hause wohnen bleiben. Aber ich fand, dass es einfacher wäre, direkt neben dem Krankenhaus zu wohnen, wegen des Schichtdienstes, so musste ich frühmorgens und spätabends nicht noch durch die halbe Stadt fahren. Meine Mutter unterstützte mich dabei, ja sie drängte mich geradezu, das Angebot, im Schwesternwohnheim zu wohnen, anzunehmen. Wir verstanden uns nicht besonders gut und wahrscheinlich war sie froh, dass sie endlich mit meinem neuen Vater alleine wohnen konnte.
Nach der Lehre nahm ich mir eine kleine Wohnung in der Nähe des Krankenhauses. Eigentlich hatte ich, seit ich von zu Hause ausgezogen war, kaum noch Kontakt zu meinen Eltern.
Das alles erzählte ich an diesem Nachmittag meiner Großmutter, und es dauerte gar nicht lange, und sie kam auf die Reisen in die Erinnerung zu sprechen. Sie wollte wissen, ob ich immer noch Ausflüge in meine Erinnerung machte.

Es war mir peinlich. Ich hatte diese Zeit hinter mir gelassen. Seit ich mit der Lehre begonnen hatte, hatte ich keine Reise mehr in die Erinnerung gemacht. Irgendwie glaubte ich mittlerweile selbst nicht mehr daran. Mir kamen diese Reisen wie eine pubertäre Träumerei vor.

Und dann erzählte mir meine Großmutter, dass sie sich inzwischen bei der Universität als Gasthörerin eingeschrieben hätte. Diese Vorlesung mit dem Titel ‚Wie kommt die Welt in unseren Kopf'.

Sie wollte mehr über das Phänomen ‚Erinnerung' erfahren. Sie wollte wissen, was es wissenschaftlich bedeutete, wenn jemand sagt: ‚Ich erinnere mich.' Sie wollte erfahren, was das ist, das es möglich macht, dass gegenwärtige Erfahrungen den Augenblick ihres Erlebens überdauern. Wieso auch nach dem Erleben in der aktuellen Situation noch etwas von dem Erlebnis übrig ist. Wie eine Erinnerung entstehen kann. Wie Gedächtnis funktioniert. Und sie wollte etwas über das Vergessen lernen.

Ich hatte meine Großmutter in den Wochen danach wieder häufiger gesehen. Ich habe sie sogar ein paar Mal von der Uni abgeholt. Aber die alte Vertrautheit wollte sich nicht mehr einstellen.

Wenn ich ehrlich bin, war mir das, was meine Großmutter damals tat, peinlich. Sie war fest davon überzeugt, dass es von Nutzen sein könnte, wenn man Menschen in ihre Erinnerung zurückführen würde; dass sie dann vieles anders bewerten könnten, und dass diese Korrektur der Bewertung ihnen bei der Bewältigung ihrer Probleme in der Gegenwart helfen könnte. Sie glaubte allen Ernstes, dass sie diesen Menschen irgendwie zeigen könnte, wie sie in ihre Erinnerung reisen könnten.

Eines Tages holte ich sie von der Vorlesung ab und bekam mit, dass sie sich über genau dieses Thema mit einem Professor stritt. Ich merkte, dass der Professor meine Großmutter überhaupt nicht ernst nahm, dass er sie für eine exzentrische, übergeschnappte, alte Dame hielt, und ich schämte mich für meine Großmutter. Ich glaube, das war der Moment, als ich beschloss, den Kontakt zu meiner Großmutter abzubrechen.

Außerdem war ich zweiundzwanzig Jahre alt, hatte einen Beruf, der mich ausfüllte, einen lieben Freund und das gute Gefühl, endlich auf einen sicheren, guten Platz im Leben zuzusteuern. Sie verstehen das sicher, da hat man einfach keine Lust, sich mit den Fantasien einer alten Frau zu beschäftigen. Ich fühlte mich wohl in der Gegenwart. Ich wollte mich nicht mehr um die Vergangenheit kümmern.

Die folgenden Jahre sind schnell erzählt. Ich arbeitete in verschiedenen Krankenhäusern, und ich heirate den Mann, den ich mit zweiundzwanzig Jahren kennengelernt hatte. Wir bauten ein kleines Haus. Vielleicht kennen Sie das Neubaugebiet am Stadtrand. Eigentlich ist es jetzt kein Neubaugebiet mehr. Aber vor zwanzig Jahren bauten und wohnten dort nur junge Familien.

Wir waren gerade eingezogen, als unsere Tochter zur Welt kam. Marie war ein aufgewecktes, intelligentes, kleines Mädchen. Den Namen hatte mein Mann ausgesucht. ‚Marie' nach seiner Mutter. Ich ließ ihn den Namen aussuchen. Mein Mann musste sehr an seiner Mutter gehangen haben, und es war so schade, dass sie ihre Enkeltochter nicht mehr erleben konnte.

Zuerst blieb ich zu Hause, um mich nur um Marie zu kümmern. Als sie in den Kindergarten ging, nahm ich meine Arbeit im Krankenhaus wieder auf. Marie war schon sehr selbstständig und erwachsen für ihr Alter. Ich konnte beruhigt wieder arbeiten. Außerdem konnte mein Mann nachmittags sehr früh zu Hause sein. Er kümmerte sich rührend um Marie. Er brachte ihr das Fahrradfahren und das Schwimmen bei, und als sie in die Schule kam, überwachte er ihre Hausaufgaben. Die beiden verstanden sich wirklich gut. Oft hatten sie schon gemeinsam das Abendessen gekocht, wenn ich vom Spätdienst kam.

In der Pubertät wurde es mit Marie schwieriger und mein Mann musste von Zeit zu Zeit etwas strenger durchgreifen. Aber auch diese stressige Zeit überstanden wir gut. Marie wurde dann ruhiger und vernünftiger. Mir kam sie damals etwas zu ruhig vor. Ich meinte, sie solle doch mehr mit Freunden ausgehen, aber mein Mann meinte, sie wisse eben, worauf es ankäme, schließlich würde sie sich auf ihr Abitur vorbereiten.

Und schließlich war das auch vorbei und Marie war auf und davon. Nein ... nicht abgehauen ... sie studiert jetzt im Ausland ... in Paris. ,Klinische Psychologie'. Hätte mich eigentlich nicht wundern sollen, bei der Veranlagung in unserer Familie.

Das war auch die Zeit, als ich in diese Klinik gewechselt bin. Wissen sie, die Arbeit in der Klinik ist nicht nur körperlich anstrengend. Sie ist auch eine enorme psychologische Herausforderung. Aber nachdem Marie unser Haus verlassen hatte und mein Leben wieder ruhiger wurde, hatte ich das Gefühl, mich dieser Herausforderung stellen zu können."

„Mama, mir wird kalt. Können wir bald nach Hause gehen?"
Klaras Stimme holte Anne in die Gegenwart zurück. Sie wusste nicht, wie lange sie schon bei der Frau auf der Bank gesessen hatte. Klara hatte recht, es war inzwischen kühl geworden.
„Gehen Sie nur. Bevor sich Ihre Kleine erkältet. Ich werde morgen wieder da sein; wenn Sie mir noch weiter zuhören wollen."

Mit diesen Worten stand die Frau auf und ging, wie die Tage zuvor, durch den Park davon.

Nach ein paar Schritten drehte sie sich jedoch um und kam zurück. Sie nahm ein abgegriffenes Foto aus ihrer Handtasche. Ihre Hand zittere leicht, als sie es Anne hinhielt.
„Da sehen Sie! Das wollte ich Ihnen noch zeigen. Unsere Tochter Marie, an dem Tag, als sie ihr Abiturzeugnis bekommen hat."
Anne nahm das Foto und blickte in das Gesicht eines schlanken, blonden Mädchens.
„Ein hübsches Mädchen!" Sie gab das Foto seiner Besitzerin zurück.
„Die Augen hat sie von ihrer Mutter", fügte Anne noch hinzu, als die Frau sie weiterhin erwartungsvoll ansah.

„Die traurigen, alten Augen hat sie von ihrer Mutter", ergänzte Anne in Gedanken.

„Komm Mama, ich will nach Hause!"

Anne hatte lange der Frau nachgeschaut, wie sie eilig durch den Park davon gegangen war. Nun wandte sie sich Klara zu und fasste ihre Hand:

„Du hast recht. Auf nach Hause! Hast Du schon eine Idee, was wir heute Abend kochen könnten?"

5

„Eine eigenartige Frau", dachte Anne.

Aber ihre Geschichte begann sie zu fesseln. Und so fand sie sich am nächsten Tag wieder zur gleichen Zeit im Park ein. Klara hatte schon Freundinnen gefunden. Anscheinend kamen andere Mütter auch regelmäßig zu diesem Spielplatz.

Kaum angekommen verzog sich Klara mit zwei Mädchen im gleichen Alter kichernd ins Innere der Kletterburg. Anne nahm auf der Bank Platz, beobachtete das bunte Treiben auf dem Spielplatz und erwartete die Frau. Endlich kam sie mit eiligen Schritten durch den Park.

„Tut mir leid, dass ich so spät bin, aber ich musste noch einige Untersuchungen erledigen. Fast hätte ich nicht kommen können. Aber jetzt bin ich ja da."

Mit diesen Worten nahm die Frau neben Anne Platz.

„Wo ist denn Ihre Tochter? Sie wird sich doch gestern nicht erkältet haben?" erkundigte sich die Frau besorgt nach Klara.

„Nein, nein", beruhigte sie Anne.

„Klara hält mit ihren Freundinnen das Innere der Kletterburg besetzt."

„Gut … Gut, dass sie Freundinnen hat. Das ist wichtig. Das sollten Sie fördern. Es ist wichtig, wenn Kinder gute Freunde haben, mit denen sie reden können. Vielleicht, wenn Lisa eine beste Freundin gehabt hätte …

Wissen Sie, Lisa ist das Mädchen, an das mich Ihre Tochter erinnert. Allerdings war Lisa älter als Ihre Tochter, als ich sie zum ersten Mal sah.

Sie war kurz zuvor siebzehn Jahre alt geworden. Ich hatte gerade erst in der Klinik zu arbeiten begonnen, als sie eingeliefert wurde. Lisas Hausarzt hatte sie eingewiesen. Ihre Mutter hatte sie zum Hausarzt gebracht. Lisa hatte Verbrennungen an den Schultern, den Armen und den Händen. Er dachte zuerst, sie hätte einen Unfall gehabt. Aber dann erzählte die Mutter, dass Lisa ständig extrem heiß duschen würde, und beim letzten Mal habe sie anscheinend nur das heiße Wasser aufgedreht und sei einfach unter der Dusche stehen geblieben. Es war Zufall, dass Lisa die Badezimmertür nicht abgeschlossen hatte, und dass die Mutter ins Badezimmer kam und sie unter der Dusche fand. Lisa hatte sich nicht gewehrt, als die Mutter sie aus der Dusche herauszog und in einen Bademantel packte. Als die Rötungen auf dem Armen nicht zurück gingen, war die Mutter mit ihr zum Hausarzt gefahren. Zum Glück hatte Lisa noch nicht lange unter der Dusche gestanden. Aber dem Hausarzt fiel die eigenartige Teilnahmslosigkeit des Mädchens auf. Sie schien keine Schmerzen zu empfinden. Sie wirkte apathisch, traumatisiert. Sie gab keinerlei Auskünfte, warum sie überhaupt unter der kochend-heißen Dusche gestanden hatte.

Der Arzt untersuchte sie näher und ihm fielen die Schnittwunden an den Oberschenkeln auf. Er sprach die Mutter darauf an, doch diese meinte, sie hätte ihre Tochter schon seit Jahren nicht mehr nackt gesehen. Lisa hätte die Badezimmertür immer sorgfältig abgeschlossen. Sie habe sich nie etwas dabei gedacht, schließlich sei es doch normal, wenn ein heranwachsendes Mädchen ein gesundes Schamgefühl auch gegenüber ihren Eltern entwickeln würde. Wie gesagt, sie wundere sich sogar, wieso Lisa dieses Mal vergessen hatte, die Badezimmertür abzuschließen. Allerdings würde Lisa auffällig oft duschen, manchmal sogar drei oder vier Mal am Tag, aber sie habe das für eine vorübergehende Marotte gehalten. Der Arzt verschrieb Lisa eine kühlende, schmerzstillende Salbe und rief in unserer Klinik an. Dann riet er der Mutter, Lisa umgehend zu uns zu bringen.

So wurde Lisa auf die Akut-Station unserer Klinik eingewiesen.

Sie müssen wissen, auf dieser Station werden Patienten aufgenommen, die ganz besonderer ständiger Aufmerksamkeit bedürfen. ‚Die unter ständiger Beobachtung stehen müssen‘, heißt es unter den Kollegen, aber mit gefällt der Begriff ‚Aufmerksamkeit‘ besser. Es klingt liebevoller, fürsorglicher und nicht so sehr nach Gefängnis.

Ich war für die körperliche Pflege von Lisa zuständig. Lisas Haut war rot, rissig und vom vielen Waschen angegriffen. Die Schnittwunden an den Oberschenkeln waren zum Teil bereits vernarbt. Die tieferen Schnitte waren frisch, und es schien, als würde Lisa die gleichen Schnittstellen immer wieder erneut öffnen, um zu verhindern, dass die Wunden heilten.

Ich kann mich noch an den Tag erinnern, als Lisa von ihrer Mutter gebracht wurde. Wir wiesen ihr ein Zimmer zu, und sie ließ sich widerstandslos von ihrer Mutter in das Zimmer führen. Sie glich eher einer schüchternen Sechsjährigen als einer fast erwachsenen jungen Frau. Als ihre Mutter das Zimmer verließ, um die üblichen Formalien einer Klinikeinweisung zu erledigen, blieb ich alleine mit Lisa im Zimmer. Lisa schien überhaupt nicht zu bemerken, dass ihre Mutter das Zimmer verlassen hatte. Auch meine Anwesenheit schien sie nicht wahrzunehmen. Sie rollte sich auf dem Bett zusammen, mit dem Gesicht zur Wand und blieb regungslos liegen.

Das übliche Prozedere der Aufnahme in unsere Klinik, die üblichen Untersuchungen, ob eine körperliche Erkrankung vorlag, die Tests und Scans ließ Lisa teilnahmslos über sich ergehen. Nur bei der Blutentnahme wurde sie unruhig. Oder sollte ich sagen, lebendiger?

Lisa aß, wenn wir das Essen vor sie stellten und sie ging zu Bett, wenn wir ihr sagten, dass nun Schlafenszeit sei und sie sich ausziehen und hinlegen sollte.

Das einzige Mal, dass Lisa gegen die Anweisungen der Pfleger und Schwestern aufbegehrte, war, als die Tür zur Dusche verschlossen war. Lisa drücke wieder und wieder die Türklinke zur Dusche herunter. Dann lief sie ein paar Mal unruhig im Zimmer auf und ab, nur um wieder zur Tür zu gehen und die Klinke herunter zu drücken. Ich erklärte ihr, dass das häufige Duschen ihrer Haut zu sehr schaden würde, und sie deshalb nur einmal täglich duschen durfte, und danach die Dusche verschlossen war. Lisa antwortete nicht, sie ging zu ihrem Bett und legte sich mit dem Gesicht zur Wand. Nach einer Weile stand sie wieder auf und ging zur Badezimmertür, um zu probieren, ob die Tür immer noch verschlossen war.

Lisa probierte fast stündlich, ob der Weg ins Badezimmer irgendwann frei wäre. Traurig stand sie dann vor der geschlossenen Tür, drückte die Klinke zaghaft wieder und wieder nach unten. Sie wurde nicht laut, sie schlug nicht gegen die Tür. Es schien, als hätte sie jede Kraft, jeden Impuls, jedes Recht, für ihre Bedürfnisse und Wünsche einzutreten, verloren. Als würde sie sich allem, was geschah, widerstandslos fügen.

Lisas Wunden heilten, und ihre Haut besserte sich. Aber immer noch wusste niemand, was eigentlich mit Lisa geschehen war. Die Ärzte hatten einige Vermutungen, und viele dieser Vermutungen, die auf sexuellen Missbrauch und massive körperliche Gewalt hindeuteten, wurden durch ärztliche Untersuchungen bestätigt. Aber Lisa sprach nicht. Ich fand es seltsam, dass ihre Eltern sie nie besuchen kamen. Tatsächlich hatte ich die Mutter seit dem Tag von Lisas Einweisung nicht mehr gesehen.

Als Lisa schließlich von der Akut-Station auf die normale Station verlegt wurde, folgte ich ihr. Ich bat die Klinikleitung, mich ebenfalls auf diese Station zu versetzen. Ich argumentierte damit, dass ich fast so etwas wie eine Bezugsperson für Lisa geworden wäre, da ich mich schon seit über zwei Monate um sie kümmern würde.

Lisa schien das Leben auf dieser neuen Station gut zu tun. Sie saß gerne mit den anderen Patienten im Aufenthaltsraum und schaute ihnen zu, wie sie malten, spielten oder um das Fernsehprogramm stritten. Nach und nach wagte sich Lisa aus ihrer selbst verordneten Isolation heraus. Sie nahm an Gruppenveranstaltungen teil und begann, in Gesprächen mit Psychologen über ihre Vergangenheit zu reden.

‚Wir werden Lisa nächste Woche in eine Wohngruppe entlassen! ‘

Lisas Psychologe teile mir das in einem Teamgespräch mit.

‚Sie hat gute Fortschritte in der Therapie gemacht und ich traue ihr zu, dass sie einen ersten Schritt in ein selbstständiges, selbstverantwortliches Leben wagen kann.'

Ich war dagegen, ich fand es viel zu früh, bei allem, was sie durchgemacht hatte. Aber wissen sie, das sollte ich jetzt vielleicht nicht sagen, aber: ein stationärer Therapieplatz ist teuer. Das Team hatte beschlossen, dass Lisa gemeinsam mit einer anderen Patientin in eine kleine Wohnung ziehen sollte. Die beiden mochten sich. Beide sollten regelmäßig zu den ambulanten Therapiesitzungen kommen. Wie gesagt, ich war dagegen. Aber was wiegt schon die Meinung einer Krankenschwester gegenüber den Aussagen der Psychologen?

Allerdings sollte ich recht behalten. Leider.

‚Sie ist wieder da. Lisa. Sie ist wieder da.'

Eine Krankenschwester der Akut-Station rief mich an.

‚Gestern Abend habe ich sie auf die Station bekommen. Ich dachte, Du solltest Bescheid wissen.'

Sobald mein Dienst zu Ende war, besuchte ich Lisa.

Ich hatte ein hilfloses, apathisches Mädchen, kauernd auf seinem Bett erwartet, mit Medikamenten vorerst beruhigt. Aber Lisa saß am Tisch, sie trug einen Leinenkittel, wie ihn auch die Krankenschwestern auf der Station trugen. Sie wirkte traurig und verzweifelt, vielleicht sogar wütend, aber nicht apathisch. Ihre Hände waren dick bandagiert.

‚Willst Du mir erzählen, was passiert ist?' Ich setzte mich neben Lisa.

‚Das sehen Sie doch!' Fast trotzig streckte Lisa mir ihre Hände entgegen.

44

‚Ich habe gedacht, ich hätte es im Griff. Einen Dreck habe ich. Ich habe denen alles erzählt, den Psychologen. Meine ganze beschissene Geschichte. Und sie haben mir die Zusammenhänge erklärt, das mit dem Waschen, mit dem Schmutzig-Fühlen und das mit dem Schneiden, mit den Schuldgefühlen und mit den anderen Gefühlen, die ich mir nie erklären konnte. Ich habe das alles verstanden. Es hat mir gut getan, darüber zu reden. Und als er dann sogar verurteilt wurde und sie mir erzählten, dass er die nächsten Jahre nicht raus käme, da habe ich gedacht, jetzt sei es endlich vorbei. Der Psychologe hatte mich gewarnt. Er hat gesagt:

‚Das ist nie richtig vorbei, du musst lernen, damit umzugehen. '

Aber ich habe gedacht, ich schaffe das schon. Es hat auch wirklich gut geklappt, am Anfang. Wir haben zusammen die Wohnung eingerichtet, Emma und ich. Wir haben zusammen gekocht, sind einkaufen gegangen. Wir haben viel zusammen gelacht. Tagsüber. Aber abends konnte ich nicht einschlafen. Die Bilder ... von ihm ... kamen, und ich bekam sie nicht mehr aus dem Kopf. Aber immerhin wusste ich, fühlte ich, dass er nie mehr zu mir kommen würde. Das war gut.

Aber irgendetwas stimmte trotzdem nicht. Abends, nachts, wenn ich alleine war, habe ich wieder damit begonnen. Niemand hat etwas bemerkt. Ich habe es versteckt. Aber ich glaube, obwohl ich es versteckte, wollte ich, dass es jemand sehen sollte. Ich wollte zeigen, dass ich verletzt wurde. Ich glaube, ich wollte, dass man mir von außen ansah, wie sehr ich innerlich verletzt wurde.

Ich glaube, das war auch der Grund, weshalb ich damals mit dem Schneiden begonnen hatte. Der Psychologe hatte mir dazu etwas anderes erklärt. Er hatte auch recht, aber ich glaube, das kam erst später. Irgendwie tat es mir damals auch gut, das Schneiden. Es bewies mir, dass ich etwas unter Kontrolle hatte. Dass ich entscheiden konnte, was da geschah. Wissen sie, bei so viel Ohnmacht und Hilfslosigkeit ist es wichtig, irgendetwas unter Kontrolle zu haben. Es tat weh, aber dadurch habe ich gemerkt, dass ich noch am Leben war. Irgendwann tat es nicht mehr weh. Dann habe ich tiefer geschnitten. Immer, wenn ich mich innerlich tot fühlte, habe ich mich geschnitten. Tief genug, damit dunkles rotes Blut floss. Das Blut musste dunkelrot sein. Das Blut, das da aus mir heraus kam, zeigte mir, dass in mir drin noch etwas am Leben war. Und ich konnte entscheiden, wann ich schneide und wie tief. Das war wichtig für mich, wichtig, dass ich das entscheide.

Der Psychologe hatte mir erklärt, das Schneiden sei eine Art Selbstbestrafung, weil ich mich immer noch schuldig fühle, weil ich immer noch denken würde, ich hätte unsere Familie zerstört und meine Mutter enttäuscht und sie im Stich gelassen.

Aber wenn ich eines in den vielen Therapiesitzungen gelernt habe, dann, dass ganz alleine sie schuld waren. Mein Vater, meine Mutter, alle die, die weggeschaut haben. Meine Schwimmlehrerin zum Beispiel. Sie hätte die Narben sehen müssen. Warum hat sie nicht mal nachgefragt? Ich hatte keine Schuld, das weiß ich heute.

Aber wenn es wieder losgeht, die Angst, die Ohnmacht, das Gefühl, überhaupt nichts mehr unter

Kontrolle zu haben, oder wenn ich fühle, dass ich eigentlich innerlich schon tot bin, dann schneide ich. Damit beweise ich mir, dass ich etwas tun kann, dass ich etwas kontrollieren kann und dass ich noch am Leben bin.

Ich habe nie ganz damit aufgehört. Aber ich habe es geheim gehalten. Auch in der Therapie. Der Therapeut war so stolz auf mich, ich wollte ihn nicht enttäuschen. Er war der erste Mensch, der stolz auf mich war. Der Erste, der mir das Gefühl gegeben hatte, etwas wert zu sein. Da wollte ich ihn nicht enttäuschen. Aber jetzt ist es natürlich raus gekommen. Wegen dem da ...'

Lisa hob erneut ihre bandagierten Hände. Sie schaute so hasserfüllt auf ihre Hände, als würde sie ihnen die ganze Schuld geben für das, was in der letzten Nacht geschehen war.

,Es war ein wunderbarer Tag gewesen. Ich war alleine einkaufen, und Emma und ich hatten zusammen gekocht und gegessen. Ich hatte Emmas Lieblingseiscreme mitgebracht. Und sie hat sich schrecklich darüber gefreut. Wissen sie, Emma hatte bisher auch kein so schönes Leben gehabt. Ihre Mutter hatte sich nie wirklich um sie gekümmert, und Emma war es nicht gewohnt, dass man ihr einfach so ein Geschenk machte.

Danach musste ich zur Therapiesitzung. Und anschließend bin ich sogar mit einer Bekannten aus der Therapiegruppe noch im Kino gewesen. Ich war richtig stolz auf mich, dass ich einen so guten, normalen Tag verbracht hatte. Als ich heimkam, war Emma schon im Bett. Ich schlich in mein Schlafzimmer und schlüpfte unter die Decke.

Ich hatte nur ein paar Mal tief eingeatmet, als sich mein Magen verkrampfte. Die Angst tat so weh, dass ich fast keine Luft mehr bekam. Ich weiß nicht, wie ich es besser beschreiben soll. Jetzt ... gleich ... würde die Tür aufgehen und er würde hereinkommen. Er würde die Tür leise wieder schließen, den Schlüssel umdrehen und sich neben das Bett stellen. Ein tiefschwarzer Schatten im Dunkel meines Zimmers. Wenn ich Glück hätte, würde er mich nicht schlagen. Wenn ich Glück hätte, würde er mich nur leise zischend beschimpfen, als Schlampe, als undankbare Tochter. Er würde mir vorwerfen, dass ich daran schuld wäre, dass meine Mutter so viele Tabletten genommen hätte. Schlaftabletten, weil ich sie so geärgert hätte, den ganzen Tag über. Eines Tages würde sie zu viele Tabletten nehmen und nie mehr aufwachen. Und ich sei daran schuld. Weil sie sich immer so über mich aufregen müsse. Dann würde er flüstern, ich müsse es ihm besorgen, weil sie es ja nicht könne, weil sie schlafe, und er ein Recht darauf hätte.

,Komm her du Hure', würde er sagen.

Es würde schrecklich wehtun. Wenn ich Glück hätte, wäre er betrunken, dann wäre es schneller vorbei.'

Ich musste irgendetwas gesagt, irgendeinen Laut von mir gegeben haben, denn Lisa drehte sich zu mir um.

,Ja, ich weiß, es hört sich nicht schön an. Aber ich möchte, dass sie das, was dann kam, verstehen. Dass sie mich nicht für schwach halten. Dass sie verstehen, dass ich es einfach nicht ausgehalten habe. Ich lag unter der Decke. Ich wusste, dass es meine eigene Wohnung war, und er nicht in dieses Zimmer kommen würde. Mein Verstand wusste das. Aber mein Körper fühlte etwas anderes. Ich hatte schreckliche Angst. Es war alles wieder so wie damals.

Wissen sie, was ein Trigger ist? Der Psychologe hatte mich davor gewarnt: vor den Auslösern, dem Flashback, den Erinnerungsfetzen. Sie brechen über dich herein, wie ein Gewitter aus heiterem Himmel. Ein Gewitter im Kopf. Und alles ist wieder da, der ganze Albtraum.

Es ist absurd. Es war der Weichspüler. Emma wollte mir eine Freude machen. Sie wusste, dass ich es hasste, Betten zu überziehen. Sie konnte ja nicht ahnen, warum ich das hasste. Sie wollte mir wirklich nur eine Freude machen, als Gegenleistung für die Eiscreme. Deshalb hatte sie an diesem Nachmittag mein Bett abgezogen, die Bettwäsche gewaschen und wieder frisch aufgezogen. Und sie hatte denselben Weichspüler benutzt, den auch meine Mutter benutzte. Wissen sie, immer wenn mein Vater nachts in meinem Zimmer gewesen war, zog meine Mutter am nächsten Tag mein Bett ab und wusch die Bettwäsche. Ein frisch bezogenes Bett, der Duft nach diesem speziellen Weichspüler, bei normalen Menschen löst das ein wohliges, heimeliges Gefühl aus. Für mich war es nur die Erinnerung an das, was geschehen war und an das, was unweigerlich wieder geschehen würde. Ich lag in meiner sauberen, frisch gewaschenen Bettwäsche, fühlte meine Ohnmacht und hatte entsetzliche Angst.

Irgendwann ließ die Angst nach, so, als wäre er da gewesen und wieder gegangen. Ich fühlte mich unendlich schmutzig. Irgendwann gelang es mir aufzustehen. Ich musste unter die Dusche. Aber ich wusste, dass ich diesem Drang jetzt auf keinen Fall nachgeben durfte. Es war ja nichts passiert. Es war nur in meinen Gedanken. Ich schloss die Tür zur Dusche ab und legte den Schlüssel weg.

Nein! Ich würde nicht duschen! Dann hätte er gewonnen. Ich war nicht schmutzig! Ich war nicht schuldig! Ich habe es wirklich versucht. Ich wollte ihm nie mehr diese Macht über mich geben. Und dann stand ich in der Küche und sah zu, wie das kochend-heiße Wasser über meine Hände lief. Wie es seinen Dreck und meine Schuld wegspülte. Ich fühlte, ich musste nur lange genug durchhalten, diesen notwendigen Schmerz lange genug aushalten, wenn ich mich von ihm befreien wollte.

Dann wurde ich vom Wasser weggerissen.

Emma war aufgewacht und hatte das Wasser in der Küche gehört. Sie rief einen Krankenwagen. Sie fuhr mit mir in die Klinik. Sie hat den ganzen Weg geweint. Es tat mir leid, ich wollte nicht, dass Emma wegen mir weinen musste.

Sehen sie, und jetzt weinen sie auch. Ich mache immer alles verkehrt.

Der Psychologe hat recht. Man wird die Vergangenheit nie los. Man kann das nicht vergessen. Man kann es verdrängen, ganz tief in sich drin vergraben. Aber es bleibt in dir drin und irgendwann, wenn du am wenigsten darauf gefasst bist, kommt es wieder ans Tageslicht. Eine giftige, schleimige Brühe, die du niemals abwaschen kannst.'

Lisa schien mich gar nicht mehr zu bemerken. Sie war tief in ihre Vergangenheit zurückgegangen.

‚Ich hätte mich wehren müssen. Damals. Aber ich hatte es nicht verstanden. Damals. Aber ich hätte mich wehren können. Ich hätte es erzählen können. Ich ging doch zur Schule! Ich hätte es den Lehrern erzählen können oder einer Freundin.

Aber er sagte, ich sei schuld. Ich sei schlecht und habe es verdient. Und es sei mein Beitrag zu unserer Familie. Jeder müsse seinen Beitrag leisten. Er ginge arbeiten, verdiene das Geld, damit wir uns alles leisten könnten: das Haus, mein Zimmer, das Handy. Meine Mutter sei krank, sagte er. Sie müsse geschont werden. Ich wollte sie doch nicht enttäuschen und traurig machen. Es sei normal, sagte er.

Aber es fühlte sich nicht normal an. Es hatte sich nie normal angefühlt. Aber was wusste ich schon, was normal war. Er war mein Vater, er war der Erwachsene, er sorgte für uns. Er musste doch wissen, was richtig, was normal war.

Ich hätte es erzählen können, draußen.

Aber da waren die Schuldgefühle und die Unsicherheit, was dann passieren würde. Ich musste doch Rücksicht auf unsere Familie nehmen, auf meine Mutter und auf meinen Vater, der mich doch liebte und meine Unterstützung brauchte. Heute weiß ich, dass das alles ein Gespinst aus Drohungen, Lügen und Erpressungen war, ein Netz, in dem er mich gefangen hielt. Aber damals dachte ich, es müsse so sein, und es würde niemals aufhören.

Diese Gewissheit alledem hilflos und ohnmächtig für alle Zeit ausgeliefert zu sein. Diese Gewissheit, dieses Gefühl war wieder da, als ich in meiner eigenen Wohnung unter der frischen Bettdecke lag, den Geruch des Weichspülers meiner Mutter im Gehirn.

Ich war gerade acht, als es begann und ich wusste, es würde niemals enden.

‚Das', Lisa hielt mir wieder anklagend ihre bandagierten Hände entgegen, ‚das wird niemals aufhören. Und das', ungeschickt hob Lisa den Leinenkittel hoch und zeigte auf die tiefen Schnitte an den Oberschenkeln, ‚das wird auch niemals aufhören. Sie lauern überall, die Erinnerungsfetzen, die Gehirnblitze, die den Film aufs Neue abspielen. Immer und immer wieder. Ein Geräusch, ein Geruch, eine Geste, ein Schatten, eine Hand auf meinem Arm ... Ein Erinnerungsfetzen ... und dann ist alles wieder da. Es wird niemals aufhören. Ich hätte mich wehren müssen, als es noch nicht zu spät war. Aber ich habe es nicht verstanden. Ich war doch noch ein Kind! Die anderen, die Erwachsenen, die hätten es verstehen müssen. Meine Mutter, mein Vater, die Lehrer. Sie hätten es verstehen müssen. Aber sie haben nichts getan. Und es hört nie auf.

Ich wollte, es gäbe eine Tür in die Vergangenheit. Ich stelle mir oft vor, wie ich durch diese Tür in die Vergangenheit gehe und dann alles anders mache. Jetzt würde ich alles richtig machen, wenn es diese Tür gäbe. Aber es gibt sie nicht. ' "

„Mama, kannst Du der Frau sagen, sie soll eine andere Geschichte erzählen? Diese Geschichte macht mir Angst!"

Klara hatte sich auf der Bank an Anne gekuschelt. Irgendwann musste sie vom Spielplatz gekommen sein und Anne hatte den Arm um sie gelegt. Anne hatte keine Ahnung, wie lange Klara schon daneben saß und zuhörte.

„Ihre Tochter hat recht. Das ist wirklich keine Geschichte, die man vor Kindern erzählen sollte. Es ist eine Geschichte, vor der man Kinder bewahren sollte."

„Wie lange sitzt Du denn schon da?", fragte Anne ihre Tochter. Mit einem Mal hatte sie Angst, dass Klara zu viel von der Geschichte mitgekommen hätte.

„Noch nicht so lange", meinte Klara.

„Eigentlich habe ich auch nicht wirklich verstanden, was die Frau erzählt hat. Aber sie hat so traurig erzählt und immer geweint dabei. Das hat mir Angst gemacht."

„Die Frau hatte geweint?" Anne hatte so intensiv der Geschichte gelauscht, dass sie die Erzählerin ganz vergessen hatte.

Erst jetzt wandte sie sich wieder der Frau zu, als diese Klara erklärte:

"Manchmal bei besonders traurigen Geschichten muss man weinen. Aber diese Geschichte ist ja noch nicht zu Ende. Weißt Du, Klara, manchmal haben die ganz besonders traurigen Geschichten sogar ein ganz besonders schönes Happy End. Aber um dieses Happy End zu erleben, muss man die Geschichte mit allen Traurigkeiten aushalten bis zum Ende."

„Es ist schon spät", Anne schaute auf die Uhr.

„Ja, Sie haben recht. Wir sollten für heute Schluss machen."

Liebevoll schaute die Frau zu Klara.

„Ihr beide werdet bestimmt schon zu Hause erwartet. Ich wünsche Euch einen wunderschönen Abend. Und Du", die Frau machte eine Geste, als wolle sie Klara über den Arm streicheln, zog dann aber die Hand erschrocken wieder zurück.

„Und Du musst wissen, dass das eine Geschichte ist, die gut ausgehen wird. Wie ein Märchen; verstehst Du? Du musst Dir keine Sorgen machen. Auf Wiedersehen dann, bis morgen. Sie kommen doch morgen?" wandte sich die Frau wieder an Anne.

„Auf Wiedersehen!" Klara zog Anne von der Bank. Es war nicht zu übersehen, dass sie von dieser Frau weg wollte.

„Ich weiß nicht. Ich denke ja ... vielleicht ... wahrscheinlich werde ich kommen."

Anne hatte die Worte eher geflüstert als gesprochen. Sie wusste nicht, ob die Frau sie noch gehört hatte auf ihrem Weg zurück durch den Park in die Klinik.

Morgen war Samstag. Ob die Frau samstags überhaupt arbeitete? Vielleicht hatte sie ja heute Nachmittag freigehabt und konnte deshalb den ganzen Nachmittag bei Anne sitzen und erzählen. Vielleicht hätte sie morgen auch frei und würde trotzdem zum Park kommen.

Morgen würde Simon zu Hause sein. Sie könnte Klara bei Simon lassen und alleine zum Park gehen. Anne war sich immer noch unsicher, ob Klara nicht doch Dinge gehört hatte, für die sie noch zu jung war. Schaudernd dachte Anne darüber nach, dass es Kinder gab, die, als sie so alt waren wie Klara, Dinge erleben mussten, die Klara noch nicht einmal hören sollte. Sie würde noch einmal mit Klara reden müssen, um zu erfahren, was sie tatsächlich mitbekommen hatte. Vielleicht konnte Simon das übernehmen. Er war im Park nicht dabei gewesen, und Klara war es gewohnt, dass er sie abends über ihren Tag ausfragte. Anne wollte dem Ganzen in Klaras Augen keinen zu hohen Stellenwert geben. Sie mochte nicht, dass Klara weiter über diese Geschichte und die Frau nachdachte.

„Irgendwie haben Kinder in dieser Geschichte nichts verloren", überlegte Anne.

Und gleichzeitig wurde ihr klar wie widersinnig diese Überlegung war.

„Du solltest ihre Geschichte bis zum Ende anhören. Ich merke doch, dass Dich das Ganze beschäftigt. Geh morgen hin, und Klara und ich werden ins Schwimmbad gehen. So ganz ohne mütterliche Konkurrenz habe ich bestimmt viel mehr von meiner bezaubernden Tochter."

Anne hatte mit Simon über ihre Pläne zum Wochenende gesprochen. Sie hatte ihm auch die Geschichte der Frau erzählt und dass die Frau sie gebeten hatte, auch am Samstag zur Bank zu kommen.

„Du hast recht", stimmte Anne schließlich zu.

„Ich werde in den Park gehen. Ich weiß ja, dass Ihr beide Euch auch ohne mich wunderbar im Schwimmbad amüsieren werdet. Aber als Wiedergutmachung werde ich das Grillen der Würstchen übernehmen und die Salate."

6

Anne hatte Klara bei Simon gelassen und war schon am frühen Nachmittag zur Bank im Park gegangen. Schon von Weitem sah sie, dass die Frau sie bereits erwartete.

„Sie haben Klara heute nicht dabei?", fragte die Frau.

„Hat ihr die Geschichte gestern so große Angst gemacht? Das wollte ich wirklich nicht."

„Nein", beruhigte sie Anne.

„Um Klara müssen Sie sich keine Sorgen machen. Sie ist heute Nachmittag bei ihrem Papa. Die beiden wollen schwimmen gehen, und ich glaube nicht, dass diese Geschichte sie gestern Abend noch beschäftigte. Klara hat ohnehin nur ein paar Sätze mitbekommen."

„Sie können Klara ihrem Papa anvertrauen?" Die Frau wirkte beunruhigt. Dann lachte sie.

„Aber natürlich können Sie das! Die meisten Väter kümmern sich verantwortungsbewusst und liebevoll um ihre Kinder. Das ist das Natürlichste von der Welt. Entschuldigen Sie, manchmal verliere ich den Blick für das, was normal ist."

„Das ist doch verständlich, wenn man wie Sie beruflich immer wieder das Andere erlebt. Sie müssen sich nicht entschuldigen", entgegnete Anne der Frau.

„Ja, da haben Sie recht. Die Gefahr, dass man nur noch Böses vermutet, ist groß, wenn man von so vielem Bösen erfahren hat. Aber ich wollte Ihnen weiter erzählen. Von Lisa und dieser Tür in die Vergangenheit.

Natürlich erinnerten mich Lisas Worte an dieses eigenartige Talent, das angeblich einige in unserer Familie haben sollten. Natürlich erinnerte ich mich an meine eigenen Versuche, durch diese Tür in die Vergangenheit zu gehen. Aber das war Jahre her. Und eigentlich hatte ich es ja schon lange als pubertäre Spinnerei abgetan. Und ich erinnerte mich an meine Großmutter, die so fest an dieses Talent glaubte, dass sie die Universitätsprofessoren davon überzeugen wollte.

Ich überlegte, wann ich meine Großmutter zuletzt gesehen hatte. Das musste fast dreißig Jahre her sein. Ob sie überhaupt noch lebte? Aber wenn sie inzwischen gestorben wäre, hätte ich das bestimmt erfahren. Irgendwie. Ob sie immer noch versuchte, ihre Thesen mit Wissenschaftlern zu diskutieren? Aber bestimmt hatte sie das in der Zwischenzeit aufgegeben. Sie musste jetzt fast neunzig sein. Sie hatten ihr damals schon nicht geglaubt. Sie würden einer Neunzigjährigen erst recht nicht glauben. Ob sie selbst noch Zeitreisen in die Erinnerung unternahm?

An diesem Abend schloss ich die Zimmertür ab. Ich rief die Erinnerung an mein altes Kinderzimmer wach. Da war die Tür. Ich stellte mir die andere Seite dieser Tür vor, ging darauf zu und ... war in meinem alten Kinderzimmer. Ich hatte es nicht verlernt, nach fast dreißig Jahren. Und es war keine pubertäre Spinnerei gewesen.

An diesem Abend beschloss ich, meine Großmutter zu besuchen.

Es dauerte eine Zeit lang, bis ich in der Klinik freinehmen konnte. Dann fuhr ich zum Haus meiner Großmutter.

Das Haus war anders, als ich es in Erinnerung hatte. Die Gardinen waren neu, und die Fassade hatte eine andere Farbe.

‚Aber nach dreißig Jahren ist das nicht ungewöhnlich‘, dachte ich als ich an der Haustür läutete.

Es war kein Name auf dem Schild an der Klingel, aber ich konnte mich nicht erinnern, ob da jemals ein Name gestanden hatte.

Eine junge Frau öffnete mir. Im Hintergrund hörte ich Kinderlachen.

‚Oh, entschuldigen Sie. Aber ich wollte eigentlich zu meiner Großmutter. Sie … Wohnt sie noch hier? ‘

Irgendwie hatte ich erwartet, dass mir meine Großmutter wie vor dreißig Jahren die Tür öffnen würde.

‚Ihre Großmutter? Nein, die wohnt schon ein paar Jahre nicht mehr hier. Sie hat uns das Haus verkauft, weil sie in ein Seniorenheim ziehen wollte. Ich nehme jedenfalls an, dass das Ihre Großmutter war. ‘

Die junge Frau war nett. Sie bat mich herein und suchte in den Unterlagen nach der Adresse des Seniorenheims. Sie bot mir Kaffee an, aber ich wollte mich nicht zu lange aufhalten. Ich wollte abends wieder in der Klinik sein, und bis zum Seniorenheim würde ich mindestens eine weitere Stunde unterwegs sein. Also verabschiedete ich mich.

Kurze Zeit später saß ich mit meiner Großmutter im Aufenthaltsraum des Heimes. Es war ein helles, modernes Haus, und meiner Großmutter schien es hier ausgesprochen gut zu gefallen.

‚Du hast mir gar nicht erzählt, dass Du ins Altersheim umgezogen bist‘, begann ich das Gespräch.

‚Wenn es Dich interessiert hätte, hätte ich es gar nicht erzählen brauchen, dann hättest Du es mitbekommen‘, entgegnete meine Großmutter.

Sie war nicht wirklich böse, dass ich sie nie besucht hatte. Aber sie war neugierig, was mich jetzt, nach fast dreißig Jahren, zu ihr führte.
Ich erzählte ihr von Lisa. Wie sehr sie sich eine Tür in die Vergangenheit wünschte, um ihr Leben zu ändern.

‚Und deshalb bist Du zu mir gekommen. Du möchtest von mir wissen, ob es mir gelungen ist. Ob man wirklich anderen unser Talent beibringen kann. Ob auch andere, wie wir, in ihre Erinnerung reisen können. Nun, sie haben es mich nie versuchen lassen. Irgendwann habe ich aufgegeben. Ich glaube zwar immer noch daran, dass es möglich ist, dass wir und auch andere in unsere Erinnerungen reisen können, aber was würde es nutzen? Wir können unsere Erinnerung dadurch nicht ändern. Wir können unsere Vergangenheit nicht ändern. Wir können nur dabei stehen und unsere Erinnerung von Neuem erleben. Das ist bestimmt nicht das, was Du Dir für Lisa wünschst. Wir können in unsere Erinnerung reisen, aber wir können sie nicht verändern. ‘

‚Ich denke doch‘, entgegnete ich meiner Großmutter. ‚Wir können unsere Erinnerung ändern. ‘ Und ich erzählte meiner Großmutter von der Puppe aus meinem Kinderzimmer; dieser Puppe, die ich bei meinem Besuch in der Vergangenheit zurück in die Gegenwart gebracht hatte.

‚Danach konnte ich mich in der Gegenwart daran erinnern, dass da eine Puppe in der Vergangenheit gewesen war, die irgendwann nicht mehr da war. Ich hatte damit meine Erinnerung geändert. ‘

‚Und was erwartest Du jetzt von Lisa, was sie in ihrer Vergangenheit tun soll? Den Vater irgendwie mit in die Gegenwart bringen und der Polizei übergeben? Glaubst Du nicht auch, dass die Idee etwas zu fantastisch ist? ‘

‚Die Idee mit dem Vater ist mir überhaupt nicht gekommen. Ich glaube auch nicht, dass Lisa das schaffen würde. Nein, eigentlich hatte ich etwas anderes vor. ‘

Und ich erklärte meiner Großmutter, dass ich in Lisas Vergangenheit reisen und sie von da wegnehmen wollte.

‚Ich werde Lisa nehmen und sie von dort weg in die Gegenwart bringen. So, wie ich es damals mit der Puppe aus meinem Kinderzimmer getan habe.‘

Meine Großmutter starrte mich entgeistert an:

‚Aber das ist unmöglich! Das darfst du nicht tun! Du bringst alles durcheinander! Mal abgesehen davon, dass ein lebendiger Mensch etwas anderes als eine kleine Puppe ist und vorausgesetzt, dass das überhaupt klappt, wird Lisa doch in der Vergangenheit fehlen. Sie wird plötzlich verschwunden sein. Stell Dir nur einmal vor, was ihre Eltern dazu sagen würden. ‘

‚Die Eltern wären mir egal‘, entgegnete ich meiner Großmutter, ‚aber glaubst Du denn, dass es möglich wäre, in die Erinnerung eines anderen zu reisen? ‘

Meine Großmutter überlegte.

‚Darüber habe ich mir noch nie Gedanken gemacht. Aber … Warum nicht? Aber einfach wäre es nicht. Du müsstest Dich sehr genau in der Erinnerung des Anderen auskennen. Du musst bedenken, wenn Du in dieser Erinnerung ankommen würdest, wäre nur das da, was Dir der andere als seine Erinnerung erzählt hat. Alles, was er Dir nicht erzählt hat, wäre auch nicht da. '

,Wie meinst Du das?', fragte ich meine Großmutter.

,Nun ja: Stell Dir vor, Lisa hat Dir einen Raum aus ihrer Erinnerung ganz genau beschrieben. Sagen wir, die Küche. Du kannst Dir die Tür zur Küche ganz genau vorstellen. Du stellst Dir die andere Seite dieser Tür vor, trittst aus der Gegenwart durch diese Tür und stehst in der Küche, so, wie Lisa sie Dir beschrieben hat. Lisa hat auch eine zweite Tür in der Küche beschrieben. Aber sie hat Dir nie erzählt, wohin diese Tür führt. Stell Dir vor, Du gehst nun durch diese Tür … Wohin wirst Du gehen? Da ist nichts, weil in Deiner Erinnerung nichts ist, weil Lisa Dir dazu nichts erzählt hat. Wo wirst Du sein, wenn Du durch diese Tür gehst? Wie wirst Du wieder zurückfinden? Du solltest es lassen. Das ist verrückt. Du kannst nicht einfach Schicksal spielen und das Leben dieser Menschen durcheinanderbringen. Das darfst Du nicht!'

,Dass gerade Du mir etwas von verrückt erzählen willst! '

Ich war wütend auf meine Großmutter, die mich ganz offensichtlich bei meinem Plan nicht unterstützen wollte. Aber nach diesem Gespräch war ich ganz sicher. Es wäre möglich, in Lisas Erinnerung zu reisen, sie von dort wegzunehmen und dadurch alles Böse, was in Lisas Leben geschehen war, ungeschehen zu machen.

Genau das war es doch, was sich Lisa so sehr wünschte! Und was dann aus der Vergangenheit würde, was mit Lisas Eltern würde, war mir absolut egal. Ich verabschiedete mich von meiner Großmutter und fuhr zurück zur Klinik.

„Entschuldigen Sie", Anne unterbrach nur ungern die Geschichte der Frau, aber sie musste es einfach loswerden:

„Sie wollen mir jetzt ganz ernsthaft erzählen, dass sie selbst diese Zeitreisen in die Vergangenheit machen können? Einfach so, indem sie sich vorstellen durch eine Tür zu gehen. Ohne irgendwelche technischen Hilfen und entgegen aller physikalischen Gesetze. Ich habe das im Internet nachgeschaut. Es ist unmöglich. Noch nicht einmal Einstein hält es für möglich. Reisen in die Zukunft seien prinzipiell möglich, auch wenn die Menschheit vermutlich nie über das entsprechende technische und physikalische Know-how verfügen wird, meint er. Aber Reisen in die Vergangenheit hat sogar Einstein ausgeschlossen. Und dann erzählen sie mir, sie gingen einfach durch eine imaginäre Tür?"

„Ich nehme ihnen ihre Zweifel nicht übel. Ich habe keine wissenschaftliche Erklärung. Ich weiß nur aus eigener Erfahrung, dass es möglich ist. Ich kann ihnen mein Wort geben … und vielleicht das … als Beweis."
Die Frau griff in ihre Handtasche und zog eine kleine abgegriffene Puppe hervor. Anne fiel auf, dass die Puppenkleider von ungeschickten Händen selbst genäht waren. Sie waren viel zu groß und ließen weder Füße noch Hände der Puppe frei.

„Hier", die Frau hielt Anne die Puppe hin: „ ich habe sie mitgebracht. Damals.

Wissen Sie, es gibt nun einmal Dinge, die wir nicht beweisen können. Wir können sie glauben oder nicht. Warum sollte ich Sie belügen? Warum sollte ich Ihnen diese schmerzhafte Geschichte erzählen? Warum sollte ich diese Geschichte erfinden? Was hätte ich davon?"

Anne wusste nicht, was sie glauben sollte. Natürlich sagte das Internet, dass Zeitreisen unmöglich seien. Sie selbst konnte es nicht beurteilen. Es gab ganz offensichtlich so vieles auf der Welt, das sie für unmöglich hielt, und trotzdem zeigte der Alltag, dass es möglich war. Und ihr Gefühl sagte, dass diese Frau sie nicht anlog.

„Aber Sie müssen das jetzt nicht beurteilen. Hören Sie sich meine Geschichte weiter an. Und wenn sie zu Ende ist, urteilen Sie."

„Okay." Anne war immer noch unsicher.

„Morgen ... morgen werde ich wieder da sein. Und ich werde mir Ihre Geschichte bis zum Ende anhören. Versprochen."

„Gut. Bis morgen dann. Schön, dass Sie sich für mich und meine Geschichte entschieden haben."

Natürlich hatte Simon nichts dagegen, dass Anne auch am Sonntag zu der Frau in den Park ging. Klara war allerdings ganz anderer Meinung.

„Aber Du hattest doch versprochen, dass wir in diesem Sommer ganz viele Sachen gemeinsam machen. Du und ich und der Papa" , schmollte sie.

"Und jetzt sitzt Du mit der langweiligen Frau immer auf der Bank rum."

„Du hast recht, das habe ich Dir versprochen. Aber ... Kannst Du Dich noch erinnern, als Papa Dir diese spannende Geschichte vorgelesen hatte? Die war so lang gewesen, dass er sie an einem Abend nicht zu Ende lesen konnte. Weißt Du noch, wie Du es am nächsten Tag kaum erwarten konntest, dass der Papa heimkam und Dir endlich die Geschichte zu Ende vorlas?"

Klara nickte eifrig:

„Ja, das weiß ich noch! Richtig spannend war die! Und richtig schlimm war das, dass ich da so lange warten musste!"

„Siehst Du! Und mir geht es genau wie Dir damals. Diese Frau erzählt mir gerade eine richtig spannende Geschichte und ich kann es kaum erwarten, zu erfahren, wie es weiter geht. Deshalb möchte ich noch ein paar Male zu dieser Bank gehen, verstehst Du das?"

Klara nickte wieder eifrig.

„Klar! Das kann ich verstehen! Ich wollte damals ja auch unbedingt wissen, wie es ausgeht. Und wir können ja noch etwas zusammen machen, wenn die Geschichte zu Ende ist."

Anne hatte Klara überzeugt.

7

„Ich habe noch einmal über Ihre Zweifel nachgedacht", begann die Frau am nächsten Tag.

„Wissen Sie, als ich mich ernsthaft mit dem Gedanken beschäftigte, ob mein Talent zur … nennen wir es ruhig einmal … Zeitreise, ob also dieses Talent Lisa irgendwie nutzen könnte, habe ich natürlich auch im Internet alles gelesen, was es über Zeitreisen zu lesen gab. Ich habe die wissenschaftlichen Thesen genauso ernsthaft studiert wie die Science-Fiction Ideen. Glauben Sie mir: Keine dieser Theorien verfolgt auch nur ansatzweise meine Idee. Sie benutzen physikalische Berechnungen oder technische Apparate für ihre Zeitreisen. Ich nutze die Erinnerung. Mein ‚Stargate‘ in die Vergangenheit ist gewissermaßen das Gehirn. Deshalb kann ich auch nicht beliebig zu jedem Ereignis oder Ort in der Vergangenheit reisen. Ich kann nur innerhalb des engen Raumes einer konkreten Erinnerung reisen. Orte, die nicht zu dieser Erinnerung gehören, sind für mich unerreichbar; eine sehr persönliche, sehr eingeschränkte Art der Zeitreise. Vielleicht ist eine solche Zeitreise für Politik und Wirtschaft nicht lohnend genug. Vielleicht wurde diese Möglichkeit deshalb bisher nicht erforscht. Ich weiß es nicht. Aber möglich wäre das doch."

Anne musste dieser Argumentation recht geben. Jede Forschung kostete Geld. Und das Geld wird nur ausgegeben, wenn sich jemand einen Profit von dieser Forschung verspricht.

„Ich wusste, ich konnte in die Erinnerung reisen", fuhr die Frau indessen fort.

„Und ich wusste, entgegen den Zweifeln meiner Großmutter, dass ich auch in Lisas Erinnerung reisen konnte.

Mein Entschluss stand fest: Ich würde in Lisas Erinnerung reisen. An den Ort ihrer Erinnerung, an dem noch nichts Böses geschehen war. Und ich würde sie von denen wegnehmen, die ihr in der Zukunft all das Böse angetan hatten. Ich würde sie in die Gegenwart bringen, wo sie in Sicherheit wäre. Weit weg von ihrem Vater und von dem, was er ihr angetan hatte. Das Böse würde nie geschehen, und Lisa würde sich nie mehr daran erinnern müssen.

Aber ich musste sorgfältig vorgehen, ich durfte nichts überstürzen. Die Einwände meiner Großmutter waren durchaus ernst zu nehmen. Zuerst musste ich in Lisas Erinnerung heimisch werden. Ihre Erinnerung musste mir so vertraut sein, wie meine eigene. Also redete ich mit Lisa. Jede freie Minute verbrachte ich mit ihr. Sie sollte mir aus ihrem Leben erzählen. Nicht nur aus den letzten Jahren, besonders auch aus der Zeit davor, als sie noch ein ganz normales Mädchen war, das in einer ganz normalen Familie aufwuchs.

Nach ein paar Tagen fand ich, dass nun die Zeit gekommen wäre, um eine erste Reise in Lisas Erinnerung zu wagen. Lisa hatte mir zuvor einen ganz gewöhnlichen Fernsehabend in ihrer Familie geschildert. Einer der ersten Eindrücke aus ihrer Familie, an die sie sich vollständig und ausführlich erinnern konnte.

An diesem Abend schloss ich die Tür zu meinem Zimmer sorgfältig ab. Den Rest kennen Sie ja schon. Es war genau so als würde ich in meine eigene Erinnerung zurückgehen. Ich ging durch jene Tür und stand im Wohnzimmer von Lisas Eltern. Ich blieb an der Tür stehen, die Hand auf der Türklinke. Ich hatte die Warnungen meiner Großmutter nicht vergessen: Würde ich nicht mehr wissen, durch welche Tür ich gekommen wäre, würde ich nie mehr zurückfinden. Und es war nicht meine eigene Erinnerung. Was wäre gewesen, wenn Lisas Erinnerung unvollständig gewesen wäre? Wenn sie irgendetwas Wichtiges ausgelassen hätte? Wenn ich durch diesen Raum ginge, und stände plötzlich im … Nichts … Nebel …? Es ist heute schwer, meine Befürchtungen und Ängste von damals zu beschreiben.

Ich stand also an der Tür und betrachtete die Szene im Raum, die mir Lisa beschrieben hatte.

Da hockte die kleine Lisa neben ihrem Vater auf dem Sofa. Es war früher Abend, und die beiden schauten sich einen Zeichentrickfilm im Fernsehen an. Lisa hatte sich an ihren Vater gekuschelt und hielt eine Puppe im Arm. Der Vater hatte seinen Arm um Lisa gelegt. Es duftete nach frischem Hefekuchen. Lisa hatte mir erzählt, wie sehr sie den frischen, noch warmen Hefekuchen mochte, den ihre Mutter immer am Samstagnachmittag gebacken hatte.

Ich stand nur ein paar Minuten an der Tür. Ich schaute mir die Szene an, roch den frischen Kuchen und kehrte dann wieder in die Gegenwart meines Zimmers zurück.

Erleichtert setzte ich mich auf mein Bett.

Es war möglich! Ich hatte es bewiesen: Ich konnte in Lisas Erinnerung reisen.

Als Nächstes musste ich ausprobieren, ob ich etwas aus Lisas Erinnerung mit in die Gegenwart bringen konnte.

Einige Tage später hatte ich Nachtdienst, als mich die Zimmergefährtin von Lisa zum Zimmer rief.

Lisa musste einen schrecklichen Albtraum haben. Sie war nass geschwitzt und wälzte sich verzweifelt im Bett hin und her. Es dauerte lange, bis es mir gelang, sie aufzuwecken. Ich half der zitterten Lisa das schweißnasse Nachthemd gegen ein frisches auszutauschen und nahm sie dann mit in mein Zimmer. Dort kochte ich ihr eine Tasse Tee.

,Kannst Du Dich an Deinen Traum erinnern? " fragte ich sie. Ich hatte den Eindruck als würde Lisa noch immer vollkommen im Bann dieses Albtraumes stehen.

Ihre Hände zitterten, als sie die Tasse nahm:

,Ich war bei ihm. Im Wohnzimmer. Er hatte getrunken. Ich habe versucht, mich ganz unauffällig, ganz klein zu machen. Es war Nachmittag. Die Sonne schien ins Wohnzimmer. Ich wäre gern in mein Zimmer gegangen. Aber ich wusste, dass ich das nicht durfte. Wenn er von der Arbeit kam, wollte er Gesellschaft haben. Er fragte nach meinen Hausaufgaben. Ich hatte alle schon gemacht. Aber er wollte sie trotzdem anschauen. Ich musste sie ihm bringen. Ich gehorchte. Jetzt nur nicht ungehorsam sein, ihn nur nicht reizen, dachte ich. Ich musste mich zu ihm setzen, auf das Sofa, auf seinen Schoß, als er meine Hausaufgaben ansah. Ich hatte keine Fehler bei den Hausaufgaben gemacht. Das wusste ich.

,Gut', meinte er, ,aber Du hättest schöner schreiben können. Hol Deine Stifte und dann schreibst Du alles noch einmal ab. Mein kleines Mädchen kann schön schreiben, nicht wahr? '

,Aber ...'.

Die Sonne schien. Er war zu früh von der Arbeit gekommen.

‚Aber‘, begann ich, ‚ich würde so gerne nach draußen gehen, zum Spielen, solange die Sonne noch scheint … bitte! ‘
Im gleichen Moment wusste ich, dass ich einen Fehler gemacht hatte. Er packte mich ganz fest um meinen Bauch. Er zog mich ganz nah zu sich. Sein Mund war an meinem Ohr. Ich konnte seinen Atem riechen, den Alkohol. Sein Bart kratzte mich an der Wange:
‚Ein ‚Aber‘ gibt es bei mir nicht, kleine Lady, flüsterte er. ‚Ich ziehe keine Schlampe groß. ‘
Er hielt mich ganz fest. Ich wagte kaum zu atmen. Ich merkte, dass ich die Tränen nicht mehr zurückhalten konnte.

‚Es tut weh‘, weinte ich.

‚Oh nein, das tut nicht weh‘, zischte er in mein Ohr. Dann hielt er inne. Er schien zu überlegen.

‚Ich zeige Dir jetzt etwas … etwas, das wirklich wehtut. Geh und hol Dolly her! ‘
Dolly war meine Lieblingspuppe. Meine Mutter hatte sie mir zum Geburtstag geschenkt. Ich hatte keine Wahl. Ich wollte ihn nicht noch mehr reizen. Ich brachte Dolly zu ihm. Mein Vater hatte sich inzwischen eine Zigarette angezündet. Ich musste mich wieder zu ihm auf das Sofa setzen. Er legte Dolly vor sich auf den Sofatisch. Und er ……‘

Lisa begann erneut zu zittern. Tränen liefen ihr über das Gesicht.

‚Ich kann das nicht erzählen! Er … er nahm das Feuerzeug … und er hat Dolly sehr weh getan.

‚Siehst Du', sagte er dann, ‚das hat Dolly wehgetan. Und das wird auch kleinen Mädchen wehtun, wenn sie nicht gehorchen wollen. Mein kleines Mädchen wird gehorchen ... nicht wahr? '
Irgendwann ging er dann weg.
Ich trug Dolly ins Badezimmer und versuchte, den Gestank nach verbranntem Plastik abzuwaschen. Ich konnte nicht mehr aufhören zu weinen.

Ich kann auch jetzt nicht mehr aufhören zu weinen. '
Lisa stellte die Teetasse zurück auf den Tisch.
        ‚Bitte ... darf ich duschen? Ich muss den Gestank abwaschen! Bitte!'
        ‚Da ist kein Gestank, Lisa. Du hast geträumt. Da ist nichts. Und Du weißt, dass ich Dir das nicht erlauben darf. Schon gar nicht mitten in der Nacht. '
Lisa nickte traurig.
        ‚Ich weiß. Wieso kann diese Erinnerung, dieser ständige Albtraum nicht einfach aufhören? '
In dieser Nacht dauerte es lange bis Lisa sich so weit beruhigt hatte, dass ich sie zurück in ihr Zimmer bringen konnte.
In dieser Nacht hatte ich beschlossen, dass ich meine zweite Reise in Lisas Erinnerung unternehmen würde. Es war höchste Zeit meinen Plan in die Tat umzusetzen. Lisa würde nicht mehr lange durchhalten. Sie konnte mit diesen Erinnerungen nicht leben.

Wissen Sie", die Frau wandte sich Anne zu und sah ihr direkt in die Augen:
        „Manchmal, selten genug, werden die Täter bestraft. Aber die Opfer haben immer lebenslänglich."

Ich hatte Lisa ein leichtes Schlafmittel gegeben. Nach einer Stunde vergewisserte ich mich, dass sie wirklich eingeschlafen war. Dann ging ich zurück in mein Zimmer, verschloss die Tür und reiste erneut in Lisas Erinnerung. Ich reiste zurück an den Ort, den ich bereits kannte. Da saßen die beiden wieder, Lisa und ihr Vater, auf dem Sofa und schauten sich einen Zeichentrickfilm im Fernsehen an. Ich roch den frischen Hefekuchen. Die Puppe in Lisas Arm musste Dolly sein. Dieses Mal verließ ich meinen Beobachtungsposten an der Tür. Ich atmete tief durch, ging quer durch das Wohnzimmer zu Lisa und nahm ihr die Puppe aus dem Arm. Dann drehte ich mich um, rannte fast zur Tür und war im nächsten Moment wieder in meinem Zimmer.

Es hatte geklappt. Dolly, Lisas Puppe, war mit mir in die Gegenwart zurückgekehrt.

Ich wusste natürlich nicht, was danach im Wohnzimmer geschehen war, als Lisa ihre Puppe plötzlich nicht mehr hatte. Mich konnte sie zwar nicht sehen, aber vielleicht hatte sie die Puppe noch gesehen, die wohl irgendwie auf sonderbare Weise zur Tür hinaus schwebte. Vielleicht war sie aber auch so sehr in den Zeichentrickfilm vertieft, dass ihr gar nicht auffiel, wie ein Geist ihre Puppe entführte. Oder wurde die Puppe für Lisa ebenfalls unsichtbar in dem Moment, in dem ich sie berührte? Ich wusste es nicht. Vielleicht hätte ich dazu noch ein paar Versuche machen sollen, in meiner eigenen Erinnerung. Aber dazu war nun keine Zeit mehr.

Am nächsten Morgen konnte ich es kaum erwarten Lisa ihre Puppe zu bringen. Aber es wurde Nachmittag bis ich endlich dazu kam. Lisa sah immer noch ziemlich mitgenommen aus von der vergangenen Nacht.

‚Ich habe Dir etwas mitgebracht. ‘
Ich legte die Puppe in Lisas Arm. Lisa war erstaunt.

‚Wo haben Sie die her? Sie sieht genau wie meine Dolly aus. ‘

‚Du hattest mir doch von Dolly erzählt. Und vor Kurzem war ich auf einem Trödelmarkt. Da habe ich die Puppe gefunden. Sie hat mich an Deine Dolly erinnert, deshalb habe ich sie Dir mitgebracht. ‘

‚Aber das gibt es doch gar nicht! Solche Zufälle!‘
Jetzt schien Lisa fast schon fassungslos.

‚Ich erinnere mich. Meine Mutter hatte mir Dolly geschenkt. Aber irgendwann musste ich sie verloren haben. Sie war plötzlich nicht mehr da. Und wissen sie was, es ist nur so ein Gefühl, aber ich glaube, letzte Nacht habe ich von Dolly geträumt. Seltsame Zufälle sind das. ‘
Lisa wirkte sehr nachdenklich.

‚Egal - Hauptsache, Du hast sie jetzt wieder. Heil und unversehrt.‘

‚Ja ... danke. ‘
Lisa freute sich nicht so sehr, wie ich erwartet hätte. Ihr schien Dolly nicht besonders am Herzen zu liegen. Dann begriff ich: Ich hatte Dolly aus Lisas Erinnerung geholt, bevor sie zu Lisas Lieblingspuppe wurde. Dolly war zu irgendeiner Puppe geworden, einer Puppe, die Lisas Mutter ihr einmal geschenkt hatte und die bald darauf verloren ging. Lisas Erinnerung an Dolly als ihre Lieblingspuppe war gelöscht und durch diese neue Erinnerung ersetzt worden.
Also war auch dieser zweite Schritt meines Experimentes gelungen.

Sie sehen, ich kam meinem eigentlichen Ziel immer näher."

„Wo war eigentlich Lisas Mutter?"
Anne dachte schon die ganze Zeit über diese Frage nach.
„Bitte?"
Die Frau war nicht gewöhnt, dass Anne ihre Erzählung unterbrach, und schien aus dem Konzept gebracht.
„Ich meinte: Sind Sie auf Ihren Reisen in Lisas Erinnerung eigentlich nie ihrer Mutter begegnet? Lisa muss Ihnen doch auch von ihrer Mutter erzählt haben. Und ihre Mutter muss doch mitbekommen haben, was mit Lisa passiert ist. Ich meine, sie war doch auch Teil von Lisas Geschichte. Aber sie taucht in Ihrer Erzählung nie auf."
Die Frau schien nun selbst überrascht.
„Sie haben recht. Aber das ist mir bisher noch nie aufgefallen. Lisa hat nie von ihrer Mutter erzählt. Und für meine Reisen in Lisas Erinnerung war die Mutter auch nie von Bedeutung, deshalb habe ich Lisa nie nach ihr gefragt und … wenn ich jetzt darüber nachdenke … bin ich ihr in Lisas Erinnerung nie begegnet. Aber wie auch, wenn Lisa sich nie an sie erinnert hat."

„Hallo, Mama!" Klaras helle Stimme unterbrach die Frau.
„Siehst Du, Papa! Ich habe den Weg in den Park ganz alleine gefunden. Da vorne sitzt die Mama!"
Klara kam auf Anne zugestürmt. Hinter ihr folgte Simon mit einem Picknickkorb im Arm. Anne stellte

Simon der Frau vor. Die Frau nannte ihren Namen nicht. Anne fiel auf, dass auch sie den Namen der Frau nicht kannte. Sie hatten sich eigentlich nie gegenseitig vorgestellt.

„Wir wollen ein Picknick machen. Hier im Park." Klara sprang aufgeregt von einem Fuß auf den anderen. Dann wandte sie sich schüchtern der Frau zu:

„Und Sie sind auch eingeladen."

Klara schaute stolz zu Simon hin, und Anne erkannte, dass die beiden diese Einladung zuvor abgesprochen hatten.

„Das ist sehr lieb von Dir", die Frau lächelte Klara an.

„Aber ich glaube, dieses Picknick solltet Ihr drei besser ohne mich machen."

Klara strahlte:

„Siehst du, Papa. Genau das habe ich auch gemeint. Picknick ist eine Familiensache!"

Jetzt lachte die Frau.

„Ich muss sowieso zurück!"

Und wie jedes Mal, ging sie eilig durch den Park zurück zur Klinik.

8

„Mein Hals tut ganz schlimm weh."
Klara jammerte und quengelte.

„Du wirst Dich gestern beim Picknick erkältet haben."
Anne nahm ihre Tochter liebevoll in den Arm. „Aber so schlimm ist das nicht. Wir legen einfach einen Krankentag ein. Du bleibst im Bett, ich lese Dir vor, und Du versuchst, ganz viel zu schlafen. Dann geht es Dir bald wieder besser."

„Und die Geschichte? Du wolltest doch die Geschichte zu Ende hören?"
Klara schaute ihre Mutter traurig an.

„Die kann ich auch morgen noch zu Ende hören. Jetzt musst Du erst einmal gesund werden. Bleib schön liegen und ich koche Dir einen Tee. Und weißt Du, was noch bei Halsschmerzen hilft? Eiscreme!"

„Klasse!"
Man sah Klara an, dass sie sich schon gleich weniger krank fühlte.

Am nächsten Morgen war Klara wieder fit. Aber sie mochte nicht zum Park gehen.

„Könnte ich nicht Oma Paula besuchen? Sie hat doch gestern, als ich krank war, angerufen und mich eingeladen."

„Klar kannst Du das."
Anne brachte Klara zu ihrer Oma und fuhr dann weiter zum Park.
Die Frau saß schon auf der Bank.

„Ob sie gestern wohl lange auf mich gewartet hat", ging es Anne durch den Kopf.

„Da sind Sie ja" begrüße sie die Frau.

„Sie waren gestern nicht da. Ich habe mir Sorgen gemacht."

„Klara hatte Halsschmerzen. Da mussten wir zu Hause bleiben."

Anne setzte sich neben die Frau.

„Heute habe ich sie zu ihrer Oma gebracht. Die beiden werden mich nachher abholen kommen."

„Sie scheinen in einer guten Familie zu leben. Das ist schön. Sie sollten das beibehalten. Ich dachte schon, dass Sie an meiner Geschichte nicht mehr interessiert wären. Aber jetzt sind Sie ja da."

Die Frau schaute zu den spielenden Kindern auf der Kletterburg und begann:

„Es war also möglich. Ich hatte es bewiesen. Ich konnte in Lisas Erinnerung reisen und ich konnte etwas aus dieser Erinnerung mitnehmen. Es war genau so, wie ich es mir vorgestellt hatte. Aber was würde passieren, wenn ich Lisa selbst aus dieser Erinnerung mitbrachte. Was würde dabei mit Lisa geschehen? Bisher hatte ich noch nie etwas Lebendiges aus der Erinnerung in die Gegenwart mitgebracht.

Seltsam, in meiner eigenen Erinnerung schien es keine Haustiere zu geben. Ich erinnerte mich, dass meine Mutter keine Katzen mochte. Ich konnte mich jedoch an die Katze unseres Nachbarn erinnern. Als ich noch ganz klein war, musste ich ab und zu mit ihr gespielt haben. Aber diese Erinnerung schien mir zu vage, um dahin zurückzureisen. Außerdem sollte es ja die Erinnerung eines anderen sein, aus der ich etwas Lebendiges mitbringen wollte.

Ich besuchte wieder meine Großmutter. Sie war entsetzt, als ich ihr von meinem Vorhaben erzählte.

‚Du solltest es lassen! Niemand weiß, was passieren wird. Es ist unrecht, dem Schicksal in die Karten zu pfuschen. Lebenswege sind nicht umkehrbar!‘

Aber ich gab nicht auf. Und schließlich erzählte sie mir widerwillig von der kleinen, weißen Katze, die ihr vor vielen Jahren zugelaufen war. Es musste vor sehr vielen Jahren gewesen sein. Meine Großmutter war jetzt fast 90, und ich konnte mich an keine Katze erinnern.

‚Sie hatte einen Lieblingsplatz. Auf der Eckbank in der Küche bei uns zu Hause lag sie immer. An die Küche müsstest Du Dich noch erinnern können. Wir beide haben oft zusammen dort gesessen und geredet. Aber das war nach der Katze.‘

‚Was ist mit der Katze passiert? Ist sie gestorben?‘

‚Keine Ahnung. So sind Katzen eben. Sie kommen und gehen, wann sie wollen. Und manchmal kommen sie nicht mehr zurück.‘

Die Katze war also ohnehin irgendwann aus dem Leben meiner Großmutter verschwunden. Es würde niemandem schaden, wenn sie durch mein Zutun etwas eher verschwinden würde.

‚Lass die Finger davon! Ich habe es längst eingesehen: Vergangenes soll man ruhen lassen.‘

Mit diesen Worten begleitete mich meine Großmutter zur Tür.

Sie können sich sicherlich denken, dass die Warnung meiner Großmutter mich nicht von meinem Vorhaben abbringen konnte.

Ich war kaum zurück, als ich die Zimmertür sorgfältig verschloss, um durch diese andere Tür die Küche meiner Großmutter zu betreten.

Die Küche war so, wie ich sie in meiner Erinnerung hatte. Aber dieses Mal war ich in die Erinnerung meiner Großmutter gereist, so, wie sie mir die Küche mit der kleinen, weißen Katze auf der Eckbank beschrieben hatte. Ich stand in der Küche, und ich sah die Katze zusammengerollt auf der Eckbank liegen. Ich ging zu ihr, um sie vorsichtig zu streicheln und etwas an mich zu gewöhnen, als mir einfiel, dass die Katze meine Anwesenheit nicht wahrnehmen konnte. Also schritt ich einfach auf sie zu, nahm sie und war wenig später mit der Katze wieder in der Gegenwart in meinem Zimmer.

Die Katze war ein widerwilliges, schlecht gelauntes, ungeselliges Ding. Sie fauchte und kratzte. Aber immerhin: Es hatte geklappt! Die Katze war hier, und sie lebte. Ich hatte Futter gekauft, auf dem Nachhauseweg von meiner Großmutter. Ich wollte sie eine Zeit lang in der Klinik behalten, um sie zu beobachten. Ich wollte herausfinden, ob sie sich mit der Zeit irgendwie verändern würde. ‚Spätschäden' durch die Zeitreise, sozusagen. Es hatte etwas gedauert, bis ich die Erlaubnis der Klinikleitung bekam, die Katze in der Klinik zu behalten. Aber wie Katzen nun einmal sind: Sie wollte sich nicht eingewöhnen. Schon ein paar Tage später nutzte sie die offen stehende Stationstür und war auf und davon. Ich habe sie nie mehr gesehen.

Aber ich hatte sie aus der Erinnerung meiner Großmutter zurück in die Gegenwart gebracht. Sie war am Leben. Jeder konnte sie sehen. Sie hatte gefressen und deshalb ..."

„Wir haben Kuchen gebacken und mitgebracht".

Klaras Stimme holte Anne aus der Geschichte der Frau.

„Für Sie auch!"

Klara hielt der Frau den Korb mit den Kuchenstücken unter die Nase.

„Ihr müsst alle mal riechen! Das duftet so gut! Und ich habe ihn gebacken!"

Klara hatte den Nachmittag bei ihrer Großmutter ganz offensichtlich genossen. Und sie war so überzeugend als Kuchenbäckerin, dass schließlich sogar die Frau ein Stück Kuchen nahm und es überschwänglich lobte. Doch dann verabschiedete sie sich schnell und ging wieder durch den Park davon.

„Eine eigenartige Frau, meinst Du nicht auch?", fragte Anne ihre Schwiegermutter.

„Eine traurige Frau", bekam sie zur Antwort.

9

„Mama, darf Emily heute mit in den Park kommen?"

Emily war Klaras beste Freundin. Die beiden hatten den ganzen Morgen zusammengespielt und schließlich Anne beim Kochen geholfen.

„Warum nicht. Dann macht Euch mal fertig."

Klara und Emily hatten beschlossen ihre Puppen mitsamt Puppenwagen, Wickeltaschen und Puppenpicknickkorb mit zum Park zu nehmen.

„Guck Emily, das ist die Frau, die immer auf der Parkbank sitzt. Die Frau mit der spannenden Geschichte."

Anscheinend hatte Klara ihrer Freundin von den vielen Besuchen im Park erzählt. Emily musterte die Frau neugierig und war offensichtlich enttäuscht.

„Hallo! Du bist also Klaras beste Freundin?" begann die Frau. Aber Emily fand keine Zeit zu antworten. Klara hatte sie schon mit sich fortgezogen.

„Komm, ich zeige Dir die Kletterburg."

Die Frau sah den beiden nach:

„Marie hat vielleicht zu wenige Freundinnen. Manchmal glaube ich, sie nimmt das Leben zu ernst. Vielleicht hat sie das von mir. Ich hatte eigentlich nie eine beste Freundin."

Dann atmete sie tief durch: „Die Frau mit der spannenden Geschichte. Würde ich selbst meine Geschichte als spannend beschreiben? Ich glaube nicht. Was meinen Sie?"

Doch bevor Anne der Frau erklären konnte, warum Klara sie „die Frau mit der spannenden Geschichte" nannte, setzte die Frau ihre Geschichte fort:

„Ich betrachtete den Versuch mit der Katze als weiteren Erfolg. Und ich beschloss, es zu wagen: Ich würde in Lisas Erinnerung reisen. Ich würde wieder zu der Zeit im Wohnzimmer reisen. Lisa würde gemeinsam mit ihrem Vater auf dem Sofa sitzen und den Zeichentrickfilm anschauen. Und ich würde sie von dort mit in die Gegenwart bringen.

Mir war klar: Man würde Lisa in der Vergangenheit vermissen. Die Erinnerung ihrer Eltern würde sich verändern. Und sie würden erklären müssen, wohin ihre Tochter so plötzlich verschwunden war. Sie würden sie suchen. Vielleicht würde man ein Verbrechen vermuten, und der Fall würde nie aufgeklärt werden. Vielleicht würde man sogar die Eltern verdächtigen. Aber ich hatte kein Mitleid mit ihnen. Ich wusste schließlich, was sie in dieser anderen Erinnerung, in der Erinnerung, die ich endgültig ändern würde, was sie in dieser Erinnerung Lisa angetan hatten.

Ich verschloss also wieder, ‚ein letztes Mal', wie ich mir damals schwor, die Zimmertür.

Ich reiste in Lisas Erinnerung. Da saß Lisa neben ihrem Vater auf dem Sofa. Schnell ging ich zum Sofa. Ich nahm die kleine Lisa auf den Arm und ging durch jene erdachte Tür zurück in mein Zimmer.

Was danach passierte, weiß ich nicht mehr. Vielleicht hatte ich zu viele Zeitreisen hintereinander gemacht. Als ich wieder zu mir kam, lag ich in meinem Zimmer. Auf dem Fußboden. Alleine.

‚Nein, das konnte nicht sein! ', dachte ich.

‚Ich hatte die kleine Lisa mitgebracht. Ich wusste es genau! Sie musste da sein! '

Meine Zimmertür stand auf. Vielleicht war sie weggelaufen, während ich ohnmächtig war.

‚Sie muss sich schrecklich fürchten. Sie ist doch noch ein kleines Mädchen. Und sie war noch nie hier und kennt niemanden. Ich muss sie finden. ' Ich hatte schreckliche Angst um Lisa.

Ich wusste nicht, wo ich zuerst suchen sollte. Verzweifelt suchte ich in jedem Zimmer der Station. Irgendwann stand ich in Lisas Zimmer. Im Zimmer der anderen, der 17jährigen Lisa. Aber da war niemand. Das Zimmer war leer. Dann fiel mir die Akut-Station ein.

‚Wenn sie hier durch die Flure geirrt ist, wird jemand sie gefunden und zunächst zur Akut-Station gebracht haben. '

Eilig lief ich zur Station. Eine Krankenschwester versperrte mir den Weg. Sie musste neu sein, denn sie schien mich nicht zu kennen.

‚Lassen Sie mich durch. Ich suche Lisa! '

‚Lisa braucht Ruhe. Sie ist ziemlich durcheinander. Es ist besser, wenn sie Sie heute nicht mehr besuchen', antwortete die Schwester.

Also hatte es doch geklappt. Die kleine Lisa war hier in meiner Gegenwart.

‚Natürlich braucht sie Ruhe! Natürlich ist sie verstört! Aber ich möchte sie trotzdem gerne sehen. Bitte!'

Die Krankenschwester hatte inzwischen den Psychologen gerufen. Er forderte mich auf, ihn in sein Gesprächszimmer zu begleiten.

‚Ich weiß nicht, was Sie mit Lisa gemacht haben. Aber das Mädchen ist total durcheinander. Sie spricht nicht und reagiert auf niemanden. Ich denke, es ist besser, wenn Lisa Sie nicht sieht. '

‚Natürlich ist sie verstört. Aber das wird vergehen. Begreifen Sie doch, ich habe es geschafft. Ich war in ihrer Erinnerung. Ich habe sie von dort weggeholt. Jetzt hat sie eine Zukunft. '

Der Psychologe schien wütend: ‚Was immer Sie getan haben. So wie es im Moment aussieht, haben Sie dem kleinen Mädchen jede Zukunft zerstört. Wir haben wenig Hoffnung, dass sie jemals von dort zurückkehren wird, wohin Sie sie getrieben haben. '

‚Das kann nicht sein! Es hat funktioniert! Sie muss sich nur ein wenig eingewöhnen.'

Der Psychologie schien einfach nicht verstehen zu wollen. Wütend stand er auf. Er packte mich unsanft am Arm und zerrte mich zur Tür:

‚Okay! Kommen Se! Ein letztes Mal! Überzeugen Sie sich selbst! '

Dann brachte er mich zu Lisa. Er raste fast vor Wut. Trotzdem gelang es ihm, die Tür zu Lisas Zimmer leise zu öffnen. Fast behutsam betrat er den Raum. Aber er ließ meinen Arm nicht los.

‚Hier. Sehen Sie selbst. '

Da sah ich sie. Ein kleines Bündel Mensch, zu einer Kugel zusammengerollt auf einer bunten Kinderbettdecke, die ihr jemand in die äußerste Zimmerecke gelegt hatte.

‚So liegt sie da. Seit heute Morgen. Sie spricht nicht. Sie reagiert nicht. Nur wenn wir sie ins Bett legen, beginnt sie zu wimmern. Wenn wir sie dann loslassen, packt sie ihre Kinderdecke und flüchtet in die Ecke. Aber jetzt kommen Sie. Ich denke, Ihnen ist jetzt endlich klar, dass ich Sie nicht mehr in Lisas Nähe lassen kann. '

Benommen ging ich auf meine Station zurück. Ich konnte mir nicht erklären, was falsch gelaufen war.

Jeden Tag erkundigte ich mich nach Lisa. Jeden Tag bekam ich zur Antwort, dass ihr Zustand unverändert sei und dass ich sie nicht sehen durfte. Einmal fragte ich nach der anderen Lisa, der 17jährigen. Man sah mich nur verständnislos an. Sie schien nie existiert zu haben. Niemand erinnerte sich an sie.

Immer und immer wieder grübelte ich darüber nach, was ich falsch gemacht hatte. Ich musste etwas Entscheidendes übersehen haben. Ich dachte daran, meine Großmutter zu besuchen. Sie hatte mich gewarnt. Vielleicht hatte sie eine Erklärung. Aber eigentlich wusste sie über Zeitreisen mittlerweile weniger als ich.

Es war eine schlimme Zeit. Ich hätte so gerne etwas für Lisa getan.

Ich hatte wieder begonnen, über Zeitreisen zu lesen.

Und dann fand ich den Fehler: Ich holte Lisa aus ihrer Erinnerung in die Gegenwart. Aber Lisa war nicht irgendwer oder irgendetwas aus dieser Erinnerung. Lisa war die Person, die sich erinnerte und in deren Erinnerung ich unterwegs war. Als ich sie aus ihrer Erinnerung holte, konnte sie sich an sich selber nicht mehr erinnern. Die kleine Lisa war plötzlich in einer Gegenwart, die für sie noch nicht existierte. Sie konnte sich an den Weg dorthin nicht erinnern, weil sie ihn nie gegangen war. Stellen sie sich eine Gegenwart vor, die keinerlei Erinnerungen hat.

Wissen Sie, was ein Paradoxon ist? Bei Zeitreisen kommen immer wieder Paradoxien vor. Deshalb sagt man ja auch, dass Zeitreisen nicht gelingen können. Aber Paradoxien sind nicht unmöglich, sie sind nur schwer zu begreifen. Lisas Zeitreise musste zu einem Paradoxon geführt haben, das ihr Gehirn, ihre Erinnerung einfach überforderte. Dies würde die ganzen psychischen Probleme erklären.

Ich versuchte, ihr zu helfen. Ich reiste noch einige Male in ihre Erinnerung und brachte Dinge mit, die ihr bekannt vorkommen mussten. Spielsachen, die sie mir beschrieben hatte. Ich hatte sogar eine DVD mit dem Zeichentrickfilm, den sie sich damals angesehen hatte, besorgt. Ich durfte diese Sachen nicht Lisa persönlich geben. Sie sagten, wenn ich sie zu sehr bedrängen würde, würde sie sich nur noch mehr zurückziehen. Und sie sagten, Lisa würde auf all diese Dinge nicht reagieren.

Nach ein paar Tagen verlegte man Lisa auf eine Station mit Kindern in ihrem Alter. Sie hatte nie irgendwelche Versuche unternommen, wegzulaufen, und so hofften sie, dass die Gesellschaft der anderen Kinder ihr gut tun würde. Aber auch den anderen Kindern gelang es nicht, Lisa aus der Welt, in die sie sich zurückgezogen hatte, herauszuholen. Die Psychologen meinten nur, man müsse noch Geduld haben. Irgendwann würde Lisa vielleicht auf die anderen Kinder reagieren.

Doch daran glaubte ich nicht mehr.

Irgendwann wurde mir klar, dass ich ihr nur auf eine einzige Art und Weise helfen konnte: Ich musste sie wieder zurückbringen. Zurück in ihre Erinnerung.

Dann fielen mir die Worte meiner Großmutter ein. ‚Und was soll Lisa machen? Den Vater aus der Erinnerung zurückbringen und hier der Polizei übergeben? '

‚Warum nicht', dachte ich. ‚Ich würde Lisa in ihre Erinnerung zurückbringen und gleichzeitig den Vater aus ihrer Erinnerung mit in die Gegenwart nehmen. '

Es wäre traurig für Lisa, denn sie würde ihren Vater ja zu einem Zeitpunkt verlieren, als sie noch ausschließlich positive Erinnerungen an ihn hatte. Sie würde um ihn trauern. Aber sie würde darüber hinwegkommen, dessen war ich mir sicher. Und das Böse würde ohne diesen Vater nie geschehen.

Leider war das Team mit dieser Idee nicht einverstanden. Sie verboten mir immer noch, Lisa zu sehen."

„Es muss Sie sehr enttäuscht haben, auf diese Weise gescheitert zu sein."

Anne hatte die Erzählung der Frau unterbrochen. Es dämmerte bereits und Anne hielt nach Klara und Emily Ausschau.

„Ja", gab die Frau zu.

„Zunächst war ich enttäuscht. Aber die Geschichte ist ja noch nicht zu Ende. Ich weiß, morgen ist Wochenende. Und bestimmt möchten sie mir Ihrer kleinen Tochter und Ihrem Mann etwas Schönes unternehmen. Kommen Sie am Montag noch ein letztes Mal wieder. Dann werden Sie erfahren, ob diese Geschichte ein gutes Ende gefunden hat."

„Mama, dürfen Emily und ich ein Eis haben? Der Eismann steht dort drüben?"

Klara war zur Bank gekommen und zeigte aufgeregt auf das bunte Eisauto.

„Schnell komm mit! Sonst fährt er davon!"
Klara versuchte, Anne in Richtung Eisauto zu ziehen.

„Gehen Sie mit! Und beeilen Sie sich! Sehen Sie doch, er ist schon wieder hinter das Steuer geklettert. Schnell! Laufen Sie!"
Die Frau schien ganz aufgeregt.
Hastig verabschiedete sich Anne und folgte Klara und Emily zum Eisauto. Als Anne sich noch einmal umdrehte, war die Frau verschwunden.

Anne verbrachte mit Klara und Simon ein herrliches Wochenende. Sie hatten beschlossen, in einem Freizeitpark zu fahren.

„Und weiß Du was", erzählte Klara aufgeregt ihrer Oma Paula am Telefon, „wir werden in einem Märchenschloss übernachten. Also kein richtiges Märchenschloss, aber so wie ein Märchenschloss gemacht. Also irgendwie ja dann doch richtig. Ich zeige es Dir im Internet, wenn Du wieder zu uns kommst."

10

Nach dem Wochenende gingen Anne und Klara wieder in den Park.

„Ein letztes Mal", dachte Anne. Denn die Frau hatte ihr ja für heute das Ende der Geschichte versprochen.

Als sie zur Bank kamen, war die Bank leer. Klara lief zur Kletterburg. Anne setzte sich auf die Bank. Sie genoss die Sonne. Sie wartete den ganzen Nachmittag, doch die Frau kam nicht.

„Vielleicht musste sie den Dienst mit jemandem tauschen und konnte Dir nicht Bescheid sagen. Typisch Frauen. Reden und reden, aber kommen nicht auf die Idee ihre Handynummern auszutauschen. Das heißt, eigentlich gar nicht typisch Frau. Aber mach Dir keine Sorgen. Geh einfach morgen noch einmal hin", meinte Simon beim Abendessen.

Anne ging auch am nächsten Tag zur Bank im Park.

„Keine Frau da", bemerkte Klara. Sie warteten. Vergeblich.

„Ich werde einfach einmal morgens zum Park gehen. Vielleicht hat sie ja wirklich einen anderen Dienstplan. Vielleicht kann sie diese Woche nur morgens kommen", meinte Anne beim Abendessen.

„Ich weiß etwas Besseres: Bring Klara morgen früh zu meiner Mutter und fahr zur Klinik. Die Frau arbeitet schließlich dort. Bestimmt wirst Du sie da treffen und wenn nicht, kann Dir wenigstens jemand ihre Adresse und Telefonnummer geben. Vielleicht ist sie ja auch krank geworden. Es macht wenig Sinn, jeden Tag zum Park zu gehen und dort stundenlang zu warten."

Simon hatte Recht. Anne machte sich mittlerweile Sorgen um die Frau und in der Klinik nach ihr zu fragen, war tatsächlich der einfachste Weg.

Und so brachte Anne Klara am nächsten Morgen zu ihrer Oma Paula und machte sich auf den Weg zur Klinik.

Anne war unsicher, als sie die Klinik betrat. Sie war noch nie in einer psychiatrischen Klinik gewesen. Neugierig sah sie sich in der großen hellen Eingangshalle um.

„Dieser Raum wirkt eher wie die Empfangshalle eines Hotels", dachte sie.

Zögernd trat sie zur Information.

„Ja bitte", die Frau hinter dem Empfangspult schaute Anne freundlich an.

„Entschuldigen Sie, aber ich suche eine Frau, so um die fünfzig Jahre alt, vielleicht etwas jünger".

Anne fiel auf, dass sie Schwierigkeiten hatte, die Frau zu beschreiben.

„Sie arbeitet hier. Als Krankenschwester. Auf einer der Stationen. Ihre Mittagspause verbringt sie immer im Park. Also meistens. Ihre Freizeit manchmal auch, glaube ich."

Anne verstummte.

„Eine blöde Idee", dachte sie.

„Ich kann doch nicht einfach hier hereinspazieren und erklären, dass ich eine Krankenschwester suche, die ihre Mittagspause im Park verbringt."

„Wissen Sie", Anne begann wieder von vorne:

„Ich habe mich mit dieser Frau fast jeden Tag im Park getroffen. Sie hat mir von ihrer Arbeit hier in der Klinik erzählt. Nur Dinge, die sie erzählen durfte, sie hatte extra nachgefragt. Sie wollte vorgestern wieder zu der Bank im Park kommen. Sie war nicht da. Gestern auch nicht. Da habe ich mir Sorgen gemacht. Ich meine, vielleicht hat sie auch nur einen anderen Dienstplan bekommen. Oder es ist etwas mit Lisa, und sie kann deshalb nicht weg. Wissen sie, sie hat mir von Lisa erzählt und ..."

Die Frau an der Information unterbrach Anne: „Ich weiß, wen Sie meinen. Warten Sie einen Moment, ich rufe jemanden, der Ihnen weiterhelfen kann."

Anne nahm in einem der gemütlichen Sessel im Foyer Platz. Neugierig blätterte sie in der Informationsbroschüre der Klinik.

„Man hat mir erzählt, dass Sie jemanden hier suchen!"

Anne schaute hoch.

„Sie haben nach Maries Mutter gefragt. Ich bin ihr behandelnder Arzt. Darf ich fragen, wer Sie sind."

Der Arzt nahm auf dem Sessel neben Anne Platz.

„Ja, genau, sie hat eine Tochter, die Marie heißt. Die Mutter ist Krankenschwester hier. Ist sie im Dienst? Könnte ich sie kurz sprechen?"

„Hat Maries Mutter Ihnen das erzählt? Dass sie hier arbeitet? Es stimmt schon, sie ist Krankenschwester, aber sie hat nie in unserer Klinik gearbeitet."

„Oh, dann entschuldigen Sie bitte."

Anne konnte ihre Enttäuschung kaum verbergen.

„Dann muss ich in der falschen Klinik sein. Ich habe nie nachgefragt. Sie ist immer in Richtung dieser Klinik davon gegangen, da dachte ich, das sei die Klinik, in der sie arbeitet."

Anne stand auf und wollte gehen.

„Bleiben Sie. Sie sind nicht in der falschen Klinik. Maries Mutter ist hier. Sie hat nur nie hier gearbeitet. Verstehen Sie?"

„Ehrlich gesagt, nein. Sie hat mir von Lisa erzählt. Sie hat sich um sie gekümmert, als sie mit den Verbrennungen in diese Klinik eingeliefert wurde. Lisa war damals 17. Nachher ist sie verschwunden."

Anne wurde immer unsicherer.

„Das hat Ihnen Maries Mutter also erzählt. Dann sind Sie die Frau, mit der sie sich immer im Park getroffen hat?"

Anne atmete auf. Jetzt würde sich also doch alles aufklären.

„Ja genau. Sie hat mir von ihrem … Projekt erzählt."

Irgendwie scheute sich Anne davor, die Zeitreisen zu erwähnen. Irgendwie kam ihr die Geschichte der Frau nun doch unglaubwürdig vor.

Vorsichtig fragte sie den Arzt:

„Aber Sie kennen Maries Mutter? Und Sie kennen Lisa?"

„Ja, ich kenne Maries Mutter. Und ich kenne Lisa. Beide sind hier bei uns. Aber ich kenne keine siebzehnjährige Lisa. Eine siebzehnjährige Lisa hat es nie gegeben. Aber es gab eine Marie, die mit siebzehn Jahren bei uns war. Was hat Ihnen Maries Mutter denn darüber erzählt? Aber warten Sie. Das sollten wir nicht hier im Foyer besprechen."

Der Arzt stand auf und ging Anne voran zu einem Raum, der die Aufschrift „Patientengespräche" trug.

Als er die Tür geschlossen hatte, forderte er Anne erneut auf, ihm zu berichten, was Maries Mutter ihr erzählt hatte.

Anne erzählte ihm von dem besonderen Talent in der Familie der Frau, von deren Reisen in die Erinnerung, von ihrer Sorge um die siebzehnjährige Lisa, die sie schließlich dazu bewog auch Zeitreisen in die Erinnerung von Lisa zu unternehmen, von der kleinen Lisa, die sie aus der Erinnerung in die Gegenwart geholt hatte.

„Irgendwie komme ich mir jetzt albern vor, dass ich tatsächlich der Frau all dies geglaubt hatte, das mit den Zeitreisen", beendete Anne ihre Geschichte,

„Aber es fühlte sich wahr an, damals, vor nicht einmal einer Woche auf der Bank im Park", fügte sie nach einer Weile hinzu.

„Und als sie dann nicht mehr zur Bank kam wie verabredet, machte ich mir Sorgen. Deshalb bin ich hier."

„Das ehrt Sie", meinte der Arzt, „aber es gab nie eine siebzehnjährige Lisa, die mit Verbrennungen in unsere Klinik eingeliefert wurde. Trotzdem hat Maries Mutter diese Geschichte nicht erfunden. Wahrscheinlich haben Sie ihr deshalb auch geglaubt. Dieser Teil der Geschichte fühlte sich wahr an, weil er wahr ist. Nur wurde nicht Lisa in diese Klinik eingeliefert, sondern Marie."

„Marie? Die Tochter dieser Frau? Sie hatte diese Verbrennungen? Dann muss Marie wirklich Schlimmes mitgemacht haben."

„Vermutlich hat sie das. Aber wir wissen es nicht. Marie hat nie darüber gesprochen, was man mit ihr gemacht hatte."

„Aber sie muss darüber gesprochen haben. Die Frau wusste doch alles!"

„Natürlich wusste sie alles. Sie war ihre Mutter. Sie war dabei. Sie musste wissen, was passiert war. Sie hatte den Notarzt gerufen, beim ersten Mal. Marie hatte schwere Verbrennungen. Sie lag mehrere Wochen im Krankenhaus, bevor sie zu uns kam. Maries Mutter hat sie mehrmals hier besucht. Bei uns schien sie sich langsam zu erholen. Aber sie redete nie über das, was passiert war. Wir haben sie untersucht. Wir wussten, dass da Schlimmes passiert sein musste. Wir hatten den Vater in Verdacht. Aber der hat natürlich nichts dazu gesagt, und die Mutter meinte, sie könne sich das alles nicht erklären. Marie sei immer ein liebes, fleißiges Mädchen gewesen. Sie schob es auf den Stress beim Abitur. Glauben Sie mir, das waren keine Folgen von Abiturstress. Ganz bestimmt nicht. Wir haben bei den Lehrern und den Mitschülern nachgefragt. Es war wie immer: Keinem ist etwas aufgefallen. Es ist zum verrückt werden! Nie fällt irgendwem etwas auf!

,Na ja ... ein paar Kleinigkeiten: Sie trug sogar im Hochsommer immer lange Hosen, auch zum Sport. Ja ... das war ungewöhnlich, aber doch kein Grund, irgendetwas Böses zu vermuten. '

,Sie war ziemlich in sich gekehrt', sagten die einen.

,Sie konnte ganz schön aggressiv ausrasten', erzählten die anderen.

‚Sie fehlte öfter ohne Grund in der Schule.' Kleinigkeiten eben. Aber nichts davon war Grund genug, einmal genauer nachzufragen. Keiner hat sich die Mühe gemacht, einmal alle Anzeichen zusammenzutragen. Es ist immer dasselbe. Und gegen den Vater hatten wir nichts in der Hand, solange die Mutter schwieg."

Anne war fassungslos.

"Aber wieso wurde sie dann entlassen? Also ich meine, sie wurde ja wohl entlassen. Die siebzehnjährige Lisa in der Geschichte der Frau wurde entlassen. Sie war doch nicht geheilt oder so?"

„Nein, sie war nicht geheilt. Aber sie erzählte uns nichts. Und wir konnten sie nicht ewig hier behalten. Sie verweigerte jedes Gespräch. Und nach außen schien sie wieder stabil. Sie nahm an den Gruppenaktivitäten teil, ging raus zum Einkaufen, ins Kino …"

„Und ihre Mutter?"

Anne hatte Schwierigkeiten, das Gehörte zu verarbeiten.

„Obwohl Maries Mutter sie besuchte, schien sie kein besonders vertrautes Verhältnis zu Marie zu haben. Und Marie selbst hat nie von ihren Eltern gesprochen."

„Und dann wurde sie entlassen?"

„Genau. In eine der Wohngruppen. Eine Sozialarbeiterin von uns hat sie wöchentlich besucht. Es schien ihr gut zu gehen. Die Sozialarbeiterin macht sich heute noch Vorwürfe. Aber sie konnte diese Entwicklung wirklich nicht voraussehen."

„Entschuldigen Sie", Anne unterbrach den Arzt, „dann hat sie also nie Abitur gemacht. Sie ist nicht in Paris? Zum Studieren?"

„Hat Ihnen das Maries Mutter erzählt? Nein, Marie hat kein Abitur gemacht, und sie war nie in Paris zum Studieren. Marie war in dieser Wohngruppe. Und irgendetwas muss da passiert sein. Etwas, worauf Marie nicht gefasst war."

„Der Trigger!"

„Wie bitte?"

„Der Trigger, der Auslöser! Maries Mutter hat mir davon erzählt."

„Dann weiß sie es also. Dann hat Marie doch noch mit ihrer Mutter geredet. Wir hatten es schon vermutet. Ja, irgendeinen Auslöser muss es gegeben haben. Dieses Mal hatte Marie die Badezimmertür verschlossen. Ich hätte nie gedacht, dass man das Wasser in einer Dusche so heiß einstellen kann. Emma, eine Mitbewohnerin, hat die geschlossene Badezimmertür bemerkt und das Wasser gehört, das in der Dusche lief. Sie mussten die Tür zuerst aufbrechen. Man brachte Marie sofort in eine Spezialklinik. Können Sie sich so etwas vorstellen? Diese Schmerzen, die sie sich freiwillig angetan hat?"

„Nein", Anne konnte es sich nicht vorstellen.

"Und was war mit der Mutter? Sie müssen sie doch verständigt haben?"

„Ja, natürlich. Ein Kollege von mir hat sie zu Hause abgeholt und zur Klinik gefahren. Ich glaube, er ist ziemlich unsanft mit ihr umgegangen. Es wollte sie wohl dazu zwingen, jetzt endlich zu erzählen, was damals geschehen war.

Marie lag auf der Intensivstation. Die Mutter durfte einige Zeit mir ihr alleine sein. Die Ärzte meinten damals, Marie hätte gar nicht mit ihrer Mutter reden können. Sie hätte starke Schmerzmittel bekommen und sei wohl nicht ansprechbar gewesen. Aber wir wussten es nicht sicher. Bis heute. Sie hat dann wohl doch mit ihr geredet.

Der Kollege blieb mit der Mutter im Krankenhaus. In der gleichen Nacht starb Marie. Sie hätte überleben können. Ihre Verbrennungen waren schlimm, aber so schlimm nicht. Ich denke, sie hat einfach aufgegeben. Sie wollte nicht weiter leben. Als die Mutter es erfuhr, weigerte sie sich, es zu glauben. Mein Kollege begleitete sie deshalb zu ihrer toten Tochter. Die Frau reagierte sehr ungehalten:

‚Das ist nicht meine Tochter!' schrie sie.

‚Warum zeigen Sie mir dieses tote Mädchen? Es ist ein hübsches Mädchen, aber nicht Marie. Wie kommen Sie überhaupt auf so etwas? Marie ist in Paris. Schon seit fast einem halben Jahr. Sie studiert dort.'

Seit diesem Tag ist Maries Mutter bei uns. Bis heute weigert sie sich, den Tod ihrer Tochter anzuerkennen. Und sie weigert sich, diese Klinik zu verlassen. Eine Weile wird sie noch bleiben können", denke ich.

Anne schaute den Arzt ungläubig an:

„Das verstehe ich nicht. Wieso erkannte sie ihre Tochter nicht. Sie hatte doch noch ein paar Stunden zuvor an ihrem Bett gesessen!"

„Wenn eine Wahrheit zu schlimm ist, findet unser Gehirn manchmal eigenartige Wege, um uns vor dieser Wahrheit zu schützen", erwiderte der Arzt.

„Wissen Se, was ein Trauma ist?"

„Nein."

Und im Moment hatte Anne auch kein Interesse an wissenschaftlichen Erklärungen.

„Aber wie geht es der Frau jetzt? Warum ist sie nicht zur Bank gekommen?"

Anne war aufgeregt.

„Kommen Sie! Ich möchte Ihnen jemanden vorstellen."

Die beiden verließen das Sprechzimmer. Anne folgte dem Arzt durch einen langen sonnenbeschienenen Flur. Überall waren gemütliche Sitzecken mit Grünpflanzen. Moderne Bilder hingen an den Wänden. Hier war es so ganz anders als Anne sich eine Psychiatrie vorgestellt hatte. An der offenen Tür zu einem Gemeinschaftsraum blieb sie stehen. Sie sah Leute zusammensitzen, sich unterhalten, lachen.

„Sie können gerne hineingehen und sich umschauen. Wir leben hier wie eine große Familie. Hier gibt es keine verschlossenen Türen. Auf dieser Station nicht."

Anne betrat den Aufenthaltsraum und ging zu den Fotos an der Pinnwand. Sie zeigte auf ein Foto. Sie kannte das Mädchen darauf. Das hübsche Mädchen mit den traurigen alten Augen.

„Das ist Marie. Nicht wahr? Sie hatte ein Bild von ihr dabei, im Park."

„Ja", bestätigte der Arzt. „Das ist Marie."

„Sie hat mir von ihr erzählt. Dass Marie in Paris studieren würde. Sie hat mich belogen."

„Diese Frau hat sie nie belogen. Sie hat niemanden belogen außer sich selbst. Und sie hat sich selbst jede ihrer Lügen geglaubt. Für sie war es die Wahrheit, und diese Wahrheit hat sie Ihnen erzählt. … Aber kommen Sie weiter, ich möchte Ihnen jemanden zeigen."

Gemeinsam fuhren sie mit dem Fahrstuhl eine Etage höher zu einer anderen Station. Obwohl auch hier die Sonne den Flur hell und freundlich erscheinen ließ, war etwas anders. Die Stimmung schien anders. Keine Gespräche, kein Lachen.

„Vielleicht liegt es daran", dachte Anne,

„dass sich die Türen zu dieser Station erst öffnen ließen, nachdem der Arzt einen Pincode am Türschloss eingetippt hatte."

Der Arzt ging voraus und schloss eine Tür am Ende des Flures auf. Anne betrat zögernd den kleinen Raum. Der Raum war leer bis auf einige bunte Bilder an den Wänden und einen kleinen Tisch mit zwei Stühlen, der vor einer großen Glasscheibe stand. Hinter der Glasscheibe konnte Anne in einen zweiten Raum blicken. Anne kannte solche Räume nur aus Filmen. Neugierig schaute sie zur Decke des Raumes.

Der Arzt folgte ihrem Blick:

"Ja, genau. Das sind Überwachungskameras. Wer hier drinnen sein muss, hat keine Privatsphäre mehr. Dieser Raum wird rund um die Uhr beobachtet. Bitte fragen Sie mich nicht, ob das notwendig oder sinnvoll ist. So sind hier eben die Regeln."

Anne betrachtete den Rest des Raumes. Er war spartanisch eingerichtet. Ein einfaches Bett. Ein kleiner Tisch. Ein Stuhl. Abgerundete Kanten. Eine Puppe und ein kleines Stofftier lagen auf dem Tisch. Dann fiel Annes Blick auf eine Art Kuschelecke in der linken äußersten Ecke des Raumes. Da lagen, auf einer Matratze, eine bunte Bettdecke, ein riesiges Kissen und … ganz eng zusammengerollt, mit dem Gesicht zur Wand, ein kleines Mädchen. Anne hätte das Kind fast nicht bemerkt. Es hatte sich tief in die Decke verkrochen. Eigentlich konnte Anne nicht einmal erkennen, ob es ein Junge oder ein Mädchen war. Aber

Anne musste das auch nicht erkennen, sie wusste, dass es ein Mädchen war.

„Ich möchte Ihnen Lisa vorstellen", der Arzt zeigte auf das kleine Mädchen.

"Sie kam vor acht Wochen zu uns. Kurz nachdem Marie gestorben war. Der Familienrichter hatte sie eingewiesen. Lisa hatte frische Verbrennungen an den Händen und Unterarmen. Lange Zeit musste sie Handschuhe tragen, wegen der Infektionsgefahr. Ersparen Sie mir die Schilderung der übrigen Verletzungen. Gegen die Eltern läuft ein Strafverfahren. Als sie kam, brachten wir sie auf unserer Kinderstation unter. Sie sprach nicht. Kein einziges Wort. Trotzdem dachten wir, die Gesellschaft der anderen Kinder würde ihr vielleicht gut tun. Maries Mutter hat sie dort getroffen. Sie war öfter auf dieser Station. Sie konnte eigentlich gut mit Kindern umgehen. Sie hat mit ihnen gespielt und gebastelt. Die Kinder mochten sie und ihr schien es auch gut zu tun. Maries Mutter hat sich um Lisa gekümmert. Wir haben das natürlich sehr genau beobachtet. Zuerst schien es, als würden beide von der Beziehung profitieren. Aber dann veränderte sich Lisa. Sie zog sich immer mehr in sich selbst zurück und wich dem Kontakt mit den anderen Kindern aus. Eines Tages, nachdem Maries Mutter sie besucht hatte, war es so schlimm, dass wir sie auf unsere Beobachtungsstation verlegen mussten. Es wurde wieder besser, sobald die Besuche von Maries Mutter ganz aufhörten. Lisa konnte schon nach wenigen Tagen zurück auf die Kinderstation. Wir wussten nicht, was passiert war, aber wir entschieden, Maries Mutter den Umgang mit Lisa ganz zu verbieten."

„Es war Dolly!", warf Anne ein.

"Sie hat ihr Dolly gezeigt!"

„Bitte?"

„Nichts."

Anne schüttelte entsetzt den Kopf.

„Erzählen Sie weiter! Bitte!"

„Sie war wütend darüber, sie wollte sich überhaupt nicht beruhigen. Aber dann begannen ihre Spaziergänge im Park. Sie schien sich wieder beruhigt zu haben. Wissen sie, Maries Mutter war nie wirklich aggressiv gewesen. Sie hatte sich nie selbst oder andere in Gefahr gebracht. Nicht aktiv zumindest ..." schränkte der Arzt ein.

„Deshalb ließen wir sie gewähren. Die Besuche im Park schienen ihr gut zu tun. Und sie schadete ja niemandem. Bis letztes Wochenende."

Der Arzt bot Anne einen der beiden Stühle an und setzte sich auf den anderen.

„Wir haben keine Ahnung, wie sie an die Schlüssel kam. Sie hatte Lisa am späten Nachmittag von der Kinderstation genommen. Das hätte eigentlich nicht passieren dürfen. Sie war mit ihr in einen der Räume für Einzelgespräche gegangen. Diese Räume sind nie abgeschlossen. Aber sie hatte die Schlüssel, und sie hat sich gemeinsam mit der kleinen Lisa dort eingeschlossen. Natürlich dauerte es nicht lange bis Lisa vermisst wurde. Aber wir brauchten Stunden bis wir sie fanden. Wir dachten, sie wäre nach draußen gelaufen und hätte sich verirrt. Erst als Maries Mutter aus dem Park nicht zur gewohnten Zeit zurückkam, vermuteten wir einen Zusammenhang. Dann entdeckten wir den verschlossenen Raum. Maries Mutter war an diesem Tag überhaupt nicht im Park gewesen. Sie musste sich stundenlang mit Lisa eingeschlossen haben. Wir wissen nicht, was sie mit Lisa gemacht hat, aber das Ergebnis sehen sie hier."

Der Arzt deutete erneut auf die kleine, zusammengekauerte Gestalt unter der bunten Kinderdecke.

Anne folgte seinem Blick. Sie wusste nicht, was sie sagen sollte.

„Und wo … ist die Frau?", fragte sie schließlich.

„Dies ist nicht der einzige Raum dieser Art.", erklärte der Arzt.

„Die Frau hat buchstäblich getobt wie eine Wahnsinnige, als wir sie von Lisa trennten. Sie hat sich überhaupt nicht mehr beruhigt. Aber wir konnten sie nicht ewig mit Medikamenten ruhigstellen. Irgendwann hat sie aufgehört zu toben. Jetzt ist sie ruhig. Sie redet mit niemandem. Ich glaube, sie hat endgültig aufgegeben. Kommen Sie."

Der Arzt stand auf.

„Ich kann Sie zu ihr bringen, wenn Sie möchten. Nach allem, was Sie mir heute erzählt haben, scheint sie Ihnen zu vertrauen. Sie gehören zu den Guten in ihrer Welt. Vielleicht spricht sie ja mit Ihnen."

Anne zögerte.

„Aber ich habe gar keine Erfahrung mit so etwas." Am liebsten hätte sie die Klinik sofort verlassen. Sie wollte zu Klara und mit Simon über all dies reden.

„Das sagen sie alle, bevor sie sich einfach abwenden." Verhaltener Ärger klang in der Stimme des Arztes.

„Was unterstehen Sie sich!"

Entrüstet setzte Anne zu ihrer Verteidigung an. Dann hielt sie inne. Diese Klinik, die Arbeit dieser Ärzte, die

Enttäuschung, wenn sie trotz aller Bemühungen scheitern. Sie konnte seine Wut verstehen.

„Sie haben Recht. Wenn Sie meinen, dass es Maries Mutter nicht schaden kann, werde ich mit ihr reden. Ein letztes Mal. Eigentlich habe ich ihr sogar versprochen, dass ich ihre Geschichte anhören werde ... bis zum Schluss ... und dass ich dann erst urteilen werde."

„Das ist gut. Kommen Sie, ich werde Sie zu ihr bringen."

Ein letztes Mal folgte Anne dem Arzt durch die Flure der Klinik.

11

Ein letztes Mal nahm Anne auf einer Bank neben der Frau Platz.

Anne war beim Anblick von Maries Mutter erschrocken. Wenn Hoffnungslosigkeit ein Gesicht hatte, dann war es das Gesicht dieser Frau. Sie hatte abgenommen. Teilnahmslos ließ sie zu, dass Anne sich neben sie setzte.

Der Raum war klein, ähnlich eingerichtet wie der, in dem Anne Lisa gesehen hatte.

Der Arzt hatte sie mit Maries Mutter alleine gelassen. Aber Anne war sicher, dass er diese Begegnung auf der anderen Seite des großen Spiegels aufmerksam verfolgen würde.

„Hallo", begann Anne.

Behutsam legte sie ihre Hand über die Hand der Frau. Sie konnte die schwulstigen Narben fühlen.

„Seltsam", wunderte sich Anne, „bisher waren ihr diese Narben nie aufgefallen. Sie musste sie geschickt versteckt haben."

„Erinnern Sie sich an mich? An die Bank im Park? Sie haben mir Ihre Geschichte erzählt. Ich habe auf Sie gewartet, aber Se sind nicht mehr gekommen. Deshalb bin ich heute zu Ihnen gekommen, weil ich das Ende Ihrer Geschichte erfahren wollte."

Langsam wandte die Frau Anne ihr Gesicht zu.

„Sie sind gekommen. Schön, dass Sie meine Geschichte hören wollen. Sie sind also zu mir gekommen, ohne Klara. Das ist gut. Klara sollte solche Geschichten nicht hören."

Dann blickte sie wieder auf die Wand. Anne wusste nicht, was sie sagen sollte. Sie blieb einfach sitzen und hielt die Hand der Frau. Sie wusste, dass der Arzt sie von draußen beobachtete. Sie blickte zu dem großen Spiegel an der Wand.

Endlich begann die Frau zu erzählen:

„Sie müssen mir glauben, ich habe es wirklich versucht. Ich wollte Lisa nichts Böses tun. Ich wollte sie zurückbringen. Zurück in ihre Erinnerung. Aber irgendetwas ist schief gegangen. Ich hätte es besser vorbereiten müssen. Sie müssen mir glauben: Es ist möglich. Ich habe es doch selber so oft getan. Ich habe es mir vorgestellt ... wie ich durch die Tür gegangen bin ... und dann war ich dort ... in meiner Erinnerung. Ich konnte mein altes Kinderzimmer sehen, meine Mutter in der Küche konnte ich sehen und meinen richtigen Vater, wie er mir ein Puppenhaus gebaut hat. Es war so einfach ... und es half ... einfach zurückgehen in die Erinnerung.
Fast jede Nacht bin ich zurückgegangen. Immer wenn er kam. Der neue Mann meiner Mutter, den ich Vater nennen musste. Immer wenn er kam und sich neben mich legte, bin ich durch die Tür gegangen. Zurück in meine Erinnerung ... da waren keine Schmerzen. Und ich kam erst zurück, wenn er wieder gegangen war. Ich hatte es meiner Mutter erzählt. Nicht das von meinem neuen Vater, aber dass ich in meiner Erinnerung zurückgehen konnte, und dass ich das fast jede Nacht tat. Ich hatte gehofft, dass sie fragen würde, warum ich das tat. Aber sie hat nie gefragt. Dann habe ich es meiner Großmutter erzählt, und sie sagte, sie wisse, was ich meine. Und dass es gut sei, dass ich diese Gabe hätte. Dass das etwas Besonderes wäre, und dass es

mich schützen würde. Dass es gut wäre, wenn man ab und zu die Gegenwart verlassen könnte, dass man dann manches leichter ertragen könne. Aber meine Großmutter meinte, ich solle niemandem davon erzählen. Es wäre nicht gut für die Familie. Und die Familie müsse doch zusammenhalten gegen die Anderen, die das nicht verstehen würden. Und deshalb habe ich es nie wieder jemandem erzählt.

Bis heute. Heute habe ich es Ihnen erzählt, weil Sie doch meine Geschichte bis zum Ende hören wollten. Sie müssen mir glauben, ich habe es wirklich versucht. Ich wollte Lisa nichts Böses tun. Ich wollte sie zurückbringen. In ihre Erinnerung. Aber irgendetwas ist schief gegangen. Ich hätte es besser vorbereiten müssen. Sie müssen mir glauben, es ist möglich. Ich habe es doch selber so oft getan ... Damals.

... und es hat geholfen. Aber ihr konnte ich nicht helfen."

Dann schwieg die Frau.

Anne ließ die Hand der Frau los:

„Aber Sie hätten ihr doch helfen können! Sie wussten es doch. Damals. Sie waren doch dabei. Sie haben es doch mit angesehen. Wieso haben Sie Marie nicht geholfen? Sie waren doch ihre Mutter! Wieso haben Sie ihr damals nicht geholfen?"

Anne bekam keine Antwort. Die Frau hatte den Raum der Gegenwart verlassen.

Anne blieb wortlos auf der Bank sitzen. Sie wusste nicht mehr, was sie noch sagen sollte. Es schien ihr, als habe die Frau ihre Anwesenheit ohnehin vergessen.

Der Arzt musste Annes Verlegenheit bemerkt haben.

„Kommen Sie, ich begleite Sie hinaus. Heute wird sie nicht mehr mit Ihnen reden. Ich weiß noch nicht einmal, ob sie sich morgen noch an Sie erinnern kann."

Anne folgte dem Arzt durch die Flure zurück zum Foyer.

Der Arzt reichte Anne zum Abschied die Hand.

„Ich möchte Ihnen danken!"

„Wofür?"

Anne fand immer noch keine Worte für das, was sie in der vergangenen Stunde erfahren hatte.

„Dafür, dass Sie sich die Geschichte dieser Frau bis zum Ende angehört haben, bevor Sie urteilen."

„Ja."

Anne wandte sich ab. Sie hatte es plötzlich eilig, die Klinik zu verlassen und nach Hause zu kommen.

Doch dann drehte sie sich noch einmal zu dem Arzt um:

„Was war eigentlich mit der Katze?"

Der Arzt schaute erstaunt.

„Welcher Katze?"

„Sie hatte mir von einer Katze erzählt. Einer kleinen, weißen Katze, die sie aus der Erinnerung ihrer Großmutter mit in die Gegenwart gebracht hatte. War da eine kleine, weiße Katze?"

Der Arzt dachte nach:

„ Ja, ich erinnere mich. Da war eine Katze. So eine kleine Streunerin. Eines Tages war sie einfach da. Es schien ihr ungeheuer wichtig, dass sie diese Katze in der Klinik behalten durfte. Aber wir hatten noch nicht endgültig darüber entschieden, da war die Katze schon wieder weg. Eine Streunerin eben. Aber jetzt muss ich zurück. Nochmals danke, dass Sie da waren. Kommen sie gut nach Hause."

„Das werde ich.“

Anne freute sich auf ihre Familie. Vielleicht würde sie Klara eine kleine, weiße Katze zum Schulanfang schenken.

Anne drehte sich ein letztes Mal um. Der Arzt stand immer noch am Eingang.

„Kann ich sie wieder besuchen kommen? Zusammen mit Klara?“

Der Arzt schien überrascht.

„Maries Mutter?“

„Nein. Nicht Maries Mutter. Die kleine Lisa.“

Diese Geschichte ist frei erfunden.

Alle Namen, handelnden Personen und Begebenheiten entspringen der Fantasie des Autors.
Jede Ähnlichkeit mit real lebenden oder toten Personen, mit Ereignissen oder Schauplätzen wäre völlig unbeabsichtigt und reiner Zufall.

Und doch ist jedes Wort wahr.

Was ich noch sagen wollte:

2010 wurden laut Statistik des Bundeskriminalamtes in Deutschland fast 15.000 Kinder unter 14 Jahren sexuell misshandelt. Das waren die Fälle, die zur Anzeige gebracht wurden.

Dies stellt jedoch nur die Spitze des Eisbergs dar. Tatsächlich rechnen Experten bundesweit mit mehr als 200.000 Missbrauchsfällen jährlich.

Man geht davon aus, dass in jeder Schulklasse, in jeder Kindergartengruppe, in jeder Nachbarschaft, misshandelte Kinder zu finden sind. Fast immer handelt es sich dabei um einen sexuellen Missbrauch und auffallend oft tritt sexueller Missbrauch gemeinsam mit anderen Formen des Missbrauchs an Kindern auf (z. B. Vernachlässigung und körperliche oder seelische Misshandlung).

Während eine angemessene Bestrafung der Täter mittlerweile Teil der öffentlichen Diskussion ist, scheinen die Opfer meist vergessen.

Dabei leiden sie oft ein Leben lang unter den Folgen des sexuellen Missbrauchs.

„Missbrauchte Kinder können, Depressionen, Angststörungen, Störungen der allgemeinen Entwicklung, ein geringes Selbstwertgefühl sowie Verhaltensstörungen entwickeln.

Einer Studie des National Institute on Drug Abuse kam zu dem Ergebnis, dass in der Kindheit sexuell missbrauchte Frauen ein fast doppelt so hohes Risiko haben, an Depressionen oder der Generalisierten Angststörung zu erkranken. Alkohol- oder Drogensucht liegen im Vergleich zur Normalbevölkerung etwa dreimal so häufig vor.

Häufig entwickelt sich eine Posttraumatische Belastungsstörung. Untersuchungen haben gezeigt, dass vor allem bei dissoziativen Identitätsstörungen, Essstörungen sowie Borderline Persönlichkeitsstörungen in der Kindheit sexueller Missbrauch vorlag. Dies bedeutet nicht, dass Personen, bei denen diese Störungen diagnostiziert wurden, zwangsläufig sexuell missbraucht wurden. Ebenso bedeutet dies nicht, dass jeder, der in der Kindheit sexuell missbraucht wurde, eine dieser Störungen entwickeln muss. Hier ist lediglich ein statistischer Zusammenhang zu erkennen, der besagt, dass schwere Traumata in der Kindheit, wie sexueller Missbrauch, eine dieser Störungen verursachen können.

Als Folgen sexuellen Kindesmissbrauchs gelten außerdem:

- Integrationsstörung: Jeder Mensch ist darauf angewiesen das, was ihm widerfährt, irgendwie gedanklich einzuordnen und zu verarbeiten. Einem sexuell unreifen Kind sind die Handlungen des Erwachsenen beim sexuellen Übergriff unverständlich: Es versteht, kurz gesagt, die Welt nicht mehr und kann das Geschehen in seine Welt und seine Geschichte nicht integrieren.

- Vertrauensbruch: Ein Kind lebt davon, dass es seinen Eltern Vertrauen entgegenbringt. Dieses Vertrauen ist für das Kind die einzige Quelle von Sicherheit in einer ansonsten durchaus unsicheren und gefährlichen Welt. Wird dieses Vertrauen von den Eltern durch Handeln oder passive Mitwisserschaft verraten, so zerbricht für das Kind die Basis jeglicher Sicherheit.

- Unausweichbarkeit: Ein Erwachsener kann sich, auch wenn die Situation noch so schrecklich ist, zumindest emotional distanzieren („das bin nicht ich", „das ist nicht meine Welt"). Ein Kind kann das nicht. Es kennt nur die eine Welt, die seiner Familie. In dieser Welt wurde es verraten und missbraucht und hat keine Ausweichmöglichkeit außer den Welten, die schon Produkt psychischer Störungen sind.

Als Konsequenz ergibt sich, dass das Geschehen partiell vergessen wird, es aber aufgrund seiner einschneidenden Bedeutung nicht vollständig vergessen werden kann. Spätfolgen daraus resultierender Traumata sind daher häufig Amnesien und tiefsitzende, schwer zu diagnostizierende Persönlichkeitsstörungen (speziell dissoziative Identitätsstörung und Borderline-Persönlichkeitsstörung).

Sexueller Missbrauch hat oft Folgen bis in die nächste Generation. Opfer leiden oft an sexuellen Störungen, die ihre Partnerschaft gefährden oder sie sind überhaupt nicht in der Lage, eine Partnerschaft einzugehen oder sich emotional für einen Menschen zu öffnen. Opfer, die ihre Erfahrung nicht verarbeitet haben, können auch ihrerseits zu Tätern werden. Aus der Therapie sind solche Täter-Opfer-Täter-Kreisläufe über mehrere Generationen bekannt."

Nach Wikipedia: „Folgen sexuellen Missbrauchs, Stand 07.0.2012, Zugriff am 29.02.2012.

Verfügbar

unter http://de.wikipedia.org/wiki/Sexueller_Missbrauch_von_Kin dern#Folgen_sexuellen_Missbrauchs

lizenziert unter CC-by-sa-3.0

(http://creativecommons.org/licenses/by-sa/3.0/deed.de).

Kindesmisshandlung verändert auch das Gehirn der Opfer. Wer als Kind misshandelt wurde, trägt nicht nur psychische Narben sein Leben lang. Forscher der Universität Münster haben in einer Studie jetzt auch biologische Veränderungen im Gehirn belegt.

Dannlowski, U., Stuhrmann, A., Beutelmann, V., Zwanzger, P., Lenzen, T., Grotegerd, D. et al. (2012). Limbic Scars: Long-Term Consequences of Childhood Maltreatment Revealed by Functional and Structural Magnetic Resonance Imaging. Biological Psychiatry, 71 (4), 286-293. Zugriff am 29.02.2012. Verfügbar unter http://www.biologicalpsychiatryjournal.com/article/S0006-3223%2811%2901021-3/abstract.

„Die Opfer haben immer
lebenslänglich."

Dieser Satz stammt von denen,
die aus Erfahrung sprechen,
von den Opfern.

Über den Autor:

ich bin
Kaffeetrinker
Hunde- und Katzenbesitzer

Jahrgang 1962

ich bin
Hausfrau, Ehefrau, Mutter
Angestellte in einer Baufirma

ich bin
Sozialarbeiter - mal gewesen
faszinierter Computer - und SocialMedia - Laie
impulsiver Fotograf

ich bin
disziplinierter Sammler von Kinderbüchern
        - nur die schönsten
und Horrorfilmen
        - nur die schlechtesten
chaotischer Gärtner

ich bin
und Optimist
        -meistens

Wer mehr wissen möchte: http://blog.aemaets.de/